BIBLIOTHEQUE MUNICIPALE DE HULL
3 2152 00251 3597

Du même auteur aux Éditions Michel Quintin

Ben, collection Grande Nature, 1997

Collection dirigée par
Michèle Gaudreau

EXPÉDITION CARIBOU

BENJAMIN SIMARD

ÉDITIONS
MICHEL
QUINTIN

Données de catalogage avant publication (Canada)

Simard, Benjamin

Expédition Caribou

(Grande nature)
Pour les jeunes de 12 ans et plus.

ISBN 2-89435-112-7

I. Titre. II. Collection.

PS8587.I283E96 1998 jC843'.54 C98-941226-1
PS9587.I283E96 1998
PZ23.S55Ex 1998

Illustration : Sylvain Tremblay
Infographie : Tecni-Chrome

La publication de cet ouvrage a été réalisée grâce au soutien financier de la SODEC, du PADIÉ et du Conseil des Arts du Canada.

ISBN 2-89435-112-7
Dépôt légal - Bibliothèque nationale du Québec, 1998

Éditions Michel Quintin
C.P. 340, Waterloo (Québec)
Canada J0E 2N0
Tél. : (450) 539-3774
Téléc. : (450) 539-4905
Courrier électronique : mquintin@mquintin.com

Imprimerie H.L.N.

1234567890HLN98

Imprimé au Canada

À la mémoire
d'Élie Bolduc et Paul Beauchemin,
deux de mes équipiers partis cette année
pour la Grande Expédition

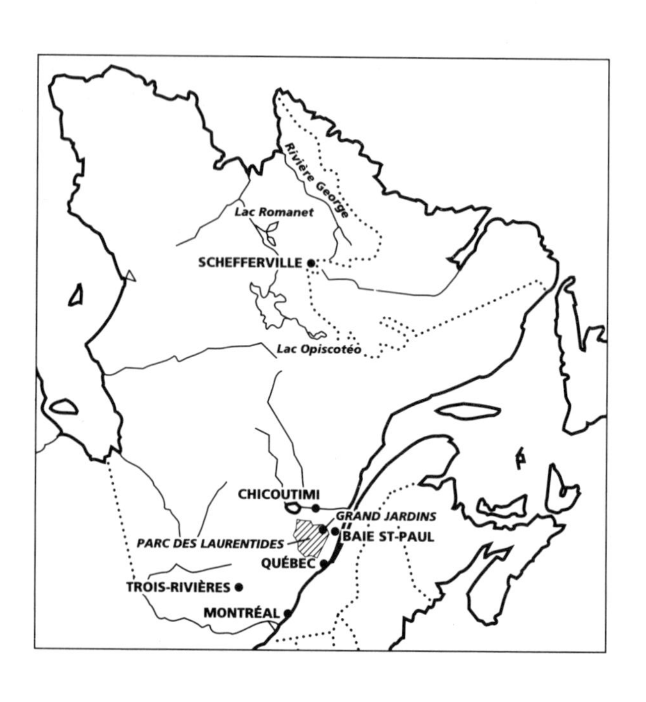
Rivière George
Lac Romanet
SCHEFFERVILLE
Lac Opiscotéo
CHICOUTIMI
GRAND JARDINS
BAIE ST-PAUL
PARC DES LAURENTIDES
QUÉBEC
TROIS-RIVIÈRES
MONTRÉAL

Avant-propos

Un soir, les hommes se sont mis à parler pour ne rien dire et j'ai décidé de quitter la tente. Personne ne s'en est étonné : autant j'aime la compagnie des gens, autant je me plais dans la solitude. « Salut, les gars ! » J'attrape mes agrès de pêche et sors sur le lac creuser un trou. À un endroit qui me semble approprié, je déblaie la neige et empoigne le vilebrequin. Sous un mètre et demi de glace, j'atteins l'eau, mais elle est boueuse. Ah, j'ai mal choisi mon emplacement...

Mon attirail ramassé, j'examine les montagnes alentour et me remets en marche. Un kilomètre plus loin, je perce un autre trou.

Merde, une fois de plus, l'eau est brune. Je viens de m'échiner une bonne demi-heure à la pelle et au vilebrequin pour rien. Déçu, fatigué, j'hésite : je creuse un nouveau trou, ou je rentre au camp ?

Il fait si beau... Les étoiles pâlissent devant la lune qui se lève. Pas un souffle de vent. Dans ce décor, le silence est palpable. Je le sens m'envelopper et, lentement, m'envahir.

Après un bref moment de repos, je fais une troisième et dernière tentative. L'opération me coûte une autre pinte de sueur, mais plouf ! cette fois je rejoins la fosse[1]*. Ma ligne déballée, j'appâte et je tends. Puis je me moule une bonne chaise longue dans la neige et je m'installe pour reprendre mon souffle.*

Ce que j'ignore, c'est qu'il y a concert au programme ce soir-là. Un des plus merveilleux concerts auxquels il m'ait été donné d'assister dans toute ma vie. Ce n'est pas la première fois que j'entends les loups hurler la nuit (ils m'ont souvent fait ce plaisir dans le parc des Laurentides), mais jamais le rituel de leur chant ne m'a bouleversé à ce point.

---

[1] Cavité profonde où les poissons se rassemblent pendant l'hiver.

Tout, ce soir, me prépare à l'expérience profonde qui m'attend. Les heures de marche et de forage à jus de bras m'ont fatigué; je suis étendu dans une chaise de loge façonnée à mes contours exacts; j'ai les yeux fixés sur l'infini d'un ciel que la pleine lune finit tout juste d'épousseter; un silence à couper au couteau m'habite; et je me trouve à plus de trois kilomètres de mes voisins. Dans ce décor ineffable, les volutes des voix des loups montent dans le ciel comme des aurores boréales. Celles des louvetaux, aux teintes toutes plus brillantes les unes que les autres, s'élèvent comme des feux d'artifice. M'emportant les tripes, elles explosent dans le noir comme autant de figures pyrotechniques. Ces chants résonnent comme des hymnes de joie dans le cirque des montagnes. Et dans mon être, je sens l'écho de ma vie s'harmoniser avec cette extraordinaire pastorale des grands espaces. Je flotte comme une mélodie qui se répercute sous les voûtes d'une cathédrale.

Combien de temps a duré l'extase, je ne saurais le dire, mais en rentrant au camp, je trouve tous mes compagnons endormis, et j'ai l'impression, tant mon âme s'est fondue dans la beauté du Grand Nord, de n'avoir laissé sur le chemin du retour aucune trace de pas dans la neige.

L'auteur de ces lignes est écologiste et vétérinaire. Déjà, dans *Ben*[1], ce scientifique s'était révélé poète. Homme à la généreuse et attachante personnalité, il racontait dans ce premier livre sa jeunesse choyée en Charlevoix; l'éveil de son goût irrésistible pour «le bois»; ses aventures dans le parc des Laurentides, parmi les ours, les orignaux, les loups. Il rapportait, dans des pages ferventes, les leçons de monsieur Bolduc, le maître à penser et à agir pour qui la forêt n'avait pas de secrets. Et il décrivait les efforts de son équipe, au ministère du Tourisme, de la Chasse et de la Pêche, pour éduquer le public au discernement dans la gestion de la faune.

Expédition Caribou est le prolongement de ce fascinant récit. Dans le décor du Nord, on retrouve docteur Simard le meneur d'hommes amoureux des grands espaces, le fonctionnaire habitué à la dure, le scientifique curieux de tout ce que la nature offre à son regard. En même temps, on découvre un être d'une rare ténacité. L'aventure du rapatriement des caribous dans le parc des Laurentides il y a trois

---

[1] Publié chez le même éditeur.

décennies, c'est lui. Rien ne l'a détourné de cet extraordinaire projet, ni les rigueurs du climat, ni le scepticisme de ses supérieurs, ni les embûches sur le terrain.

Ce qui distingue ce nouvel ouvrage, c'est l'expérience de la toundra.

La toundra, l'espace sans fin. La terre et le ciel qui se touchent. En hiver, le blanc à perte de vue. Le vacarme assourdissant du vent qui n'arrête jamais de souffler. Et le silence qui prend le coeur d'assaut lorsque, contre toute attente, le vent tombe...

La toundra, dit Benjamin Simard, a forgé en lui un être humble devant la nature et attentif aux enseignements de la vie. Elle a ouvert une âme sensible aux merveilles qui ne se découvrent que loin du fracas des villes. Elle l'a appelé au silence intérieur. Le silence auquel en secret beaucoup d'entre nous aspirent pour faire taire le grand tumulte.

Michèle Gaudreau

Chapitre 1

Ma première expédition dans le Grand Nord

Un mois à peine après mon arrivée au ministère du Tourisme, de la Chasse et de la Pêche, un 6 janvier, mon patron, Pierre Desmeules, m'informe qu'il m'emmène en expédition dans le Grand Nord avec d'autres membres du Service de la faune. Il veut profiter du prochain voyage d'inventaire du caribou pour essayer d'attraper quelques animaux. Si l'entreprise réussit, on les transportera au zoo de Charlesbourg, près de Québec.

« Apporte tout ce qu'il faut », me recommande-t-il. Tout ce qu'il faut ? Que veut-il dire au juste ?... Comme je ne connais rien du comportement du caribou ni des conditions climatiques, c'est en écoutant mes collègues narrer leurs aventures des années précédentes que j'ai commencé, avec eux, à réunir l'équipement. J'ai du mal à imaginer le contexte. Est-ce qu'on n'exagère pas un peu, par exemple, l'intensité du froid, les distances, le nombre des caribous ? Finalement, à partir d'informations glanées à droite et à gauche, je rassemble tout ce que je possède d'anesthésiques et de paralysants, des filets, des cordes et... à la grâce de Dieu !

Destination Schefferville, à 1000 kilomètres environ au nord-est de Québec. Au cours du voyage, nous ferions l'inventaire du secteur délimité au nord par Kuujjuaq, au sud par Schefferville et à l'est par la frontière du Labrador, au sommet de la chaîne des monts Torngat. Nos deux avions, traçant de longues bandes parallèles dans le ciel, mettraient près de trois semaines, en volant du matin au soir, à localiser et dénombrer les caribous dans cet immense territoire.

Le premier jour, sur la ligne la plus à l'est, Pierre et moi décidons de pousser jusqu'à la dernière montagne du Québec, au bout de la pointe du Labrador (l'île Kilinek, les fjords Greenfell et Tunnissugjuak, et le mont Sir Donald près de Port Burwell). La distance excédant la capacité de nos réservoirs d'essence, nous avons pris à bord, entre nos jambes, deux contenants supplémentaires de 45 litres.

Il fait -50° C. Pas le moindre petit nuage dans le ciel. L'air est sec comme du verre, la neige, éblouissante. Après deux heures de vol, nous pouvons réalimenter l'avion en essence et, ainsi, nous débarrasser de nos petits bidons. Nous atterrissons sur ce qui semble être un lac, dans une « région non cartographiée ». Comme souvent dans la toundra, il n'y a pas d'arbres pour en marquer le contour. Le pilote doit se fier à son pif.

À l'atterrissage, l'appareil touche la neige, perd progressivement de la vitesse, tourne de 180 degrés en bout de course, revient sur ses traces et, à peine dépassé l'endroit où il s'est posé, refait un volte-face de 180 degrés dans ses propres empreintes : le pilote vient de battre une belle piste pour redécoller. Je trouve la manoeuvre très ingénieuse. Ce n'est cependant qu'après avoir transvidé l'essence dans les réservoirs que j'en saisis le véritable motif. Levant les yeux sur le paysage, je découvre que je ne vois rien ! Tout est si blanc que l'on se croirait entouré de milliers de soleils, dans le soleil, même ! Un brouillard de cristaux de glace nous enveloppe et sa densité est telle qu'à cinq mètres, on perd l'avion de vue. En élevant le regard lentement vers le ciel, je ne distingue aucune différence d'éclat entre le blanc du lac et le blanc du ciel, c'est le même soleil éblouissant partout ! Tout est blanc, tellement blanc et seulement blanc, que c'en est presque angoissant.

À cet instant, je me suis rappelé comment, enfant, je me plaisais à m'enfermer dans le placard d'une chambre noire. La porte bien fermée bloquait toute lumière. J'aimais sentir la densité de l'obscurité. Yeux ouverts ou yeux fermés, tout était du même noir dans mon placard. Ici, dans la toundra, je faisais exactement la même expérience, mais en blanc. D'où les précautions du pilote. Au décollage, il n'y verrait absolument rien !

Aussitôt l'appareil dans les airs cependant, la visibilité revient à la normale et nous apercevons sur le lac un petit tampon d'« ouate ». C'est un nuage de cristaux de glace que l'air, entraîné par l'hélice, a soulevé du sol. Dans les airs, le soleil est encore si brillant qu'il faut porter des verres fumés et nous enduire les lèvres pour prévenir les brûlures.

Une vingtaine de jours plus tard, les inventaires terminés, nous commençons à consolider nos observations pour bien identifier, dans ces infinies étendues, les troupeaux de caribous les plus accessibles. Ensuite il faut songer à un site pour la capture des animaux. À cette fin, nous devons dénicher un très grand lac occupé par plusieurs hardes[1] et entouré d'arbres assez nombreux et assez forts pour soutenir des filets et des collets. Quant à la technique de capture, nous en avons imaginée une fort simple : une fois les filets tendus, les avions, glissant au sol, rabattront la harde directement dedans.

À notre grande surprise, les choses se sont déroulées exactement selon notre plan. Nous avons capturé deux bêtes dès le premier coup ! Or, nous avions tout prévu, sauf de réussir si facilement. Nous voilà très embarrassés. Six hommes avec

1 Groupes de 25 à 200 bêtes.

deux caribous vivants, sur les rives du lac Romanet, à plus de 160 kilomètres franc nord de Schefferville, sans autre moyen de transport que deux Cessna 195... Que faire? Il fait un froid de tous les diables, nous sommes épuisés, et le soir approche. Dans une heure et quart, il fera nuit et nos Cessna, qui ne sont pas équipés pour voler la nuit, ne pourront pas atterrir à Schefferville. Il n'y a pas une minute à perdre.

Après un très court palabre, nous retirons d'un des avions tout l'équipement de survie de même que les sièges. Puis, avec bien des contorsions et des précautions, nous arrivons à hisser les deux caribous dans l'appareil. Ce sont deux femelles adultes avec de petits panaches, dont l'un frotte le dos du pilote... Mais impossible de changer les bêtes de position, le fuselage à l'arrière est trop étroit pour les accommoder. On me délègue alors pour enfourcher le caribou d'en avant et lui tenir la ramure jusqu'à notre base. C'est dans ce bizarre empilage que nous décollons, le deuxième Cessna volant derrière avec l'équipement de survie.

Arrivés à Schefferville juste avant le coucher du soleil, nous poussons un énorme soupir de soulagement. Mais il reste beaucoup à faire, dont trouver un gîte pour nos caribous. On ne peut quand même pas les amener coucher à l'hôtel *Montagnais* avec nous. Où les loger ? Rien n'avait été prévu ! Une longue négociation s'engage avec le représentant du ministère des Affaires indiennes qui, très hésitant, finit par nous prêter une immense remise. En quelques minutes, nous y aménageons un petit « enclos » en empilant des boîtes et les objets les plus hétéroclites. Nos caribous installés, nous faisons notre entrée à l'hôtel les moustaches pleines de poils, juste à temps pour le dernier appel du souper. Les téléphones et la lessive, ce sera pour plus tard.

Ma nuit est peuplée de rêves de craquements de pas, de poudrerie, de panaches. Le lendemain matin, le représentant du Ministère téléphone :

— Venez chercher vos caribous, ils sont sortis de leur enclos, et les Indiens sont en colère. Ils disent que l'homme blanc n'a pas le droit de capturer des caribous vivants.

Aïe, aïe, aïe !

Pour recapturer nos animaux, je devrais les paralyser en utilisant (pour la première fois de ma vie) un revolver qui projette des seringues. À la première seringue, tout va bien, l'animal s'immobilise et nous le ficelons sans difficulté. Quant à la deuxième seringue, elle paralyse tellement bien notre autre femelle qu'elle arrête net de respirer! Ayant surestimé son poids de quelques kilos, je lui ai administré une dose un peu excessive.

Je me mets alors à donner la respiration artificielle à mon caribou... Croyez-moi, c'est toute une gymnastique: à califourchon sur la cage thoracique de l'animal, il faut surveiller le frémissement des narines à l'inspiration; à la seconde où elles se dilatent, se mettre debout, saisir la première côte, et tirer; quand le caribou expire, se rasseoir dessus, laisser s'affaisser le poumon, et se remettre à observer les narines; se relever en vitesse, tirer de nouveau sur la côte, etc. Le hic, c'est que le rythme respiratoire de l'animal est très irrégulier. Si on rate le frémissement des narines, c'en est fait de la réanimation. Les Indiens, à côté, se moquent de moi. Ils sont sûrs que je viens d'achever mon caribou. Mais soudain, ce dernier montre un oeil vif et relève la tête... Je respire moi aussi, en arborant un grand sourire.

Après d'autres négociations compliquées avec les représentants de la compagnie minière Iron Ore, nous obtenons la permission de caser nos animaux dans un wagon vide en arrêt sur sa voie ferrée. Puis nous profitons du temps exécrable qui nous cloue au sol pour organiser par téléphone le transport des caribous vers le zoo de Charlesbourg. Un Cessna 310 (un bimoteur) viendra les cueillir après-demain.

Le jour trois, il fait très beau. Or, l'avion n'arrive que dans la soirée. Pourquoi ne pas retourner capturer deux ou trois autres bêtes ? Après tout, le Cessna 310 peut en loger plus que deux... Aussitôt dit, aussitôt fait. Nous repartons pour le lac Romanet. Au retour, le butin total s'élève à quatre caribous. La charge est complète et notre excitation à son comble.

Chapitre 2

Les Grands Jardins

Au coeur de notre immense parc des Laurentides – créé, en 1897, pour protéger les caribous – se cache un plateau de 1000 kilomètres carrés que ces animaux fréquentaient autrefois en grand nombre et que les vieux de la région avaient baptisé les Grands Jardins. Ce merveilleux petit îlot, vestige des forêts du siècle dernier, offre un paysage unique qu'on ne peut manquer de remarquer. Plantes, fleurs, petits rongeurs, oiseaux y sont exactement les mêmes que dans la taïga, plusieurs centaines de kilomètres au nord.

Cette singulière forêt, appelée pessière, présente l'aspect d'un jardin minutieusement cultivé. Le sol est couvert d'un tapis de lichens gris et verts mariant toutes les demi-teintes que savent inventer la pluie ou la rosée. Le rouge des apothécies[1] des cladonies[2] souligne avec chaleur les zones ombragées; les avocats sauvages dessinent de petits bosquets dans les endroits humides, et les vitis[3] à graines rouges, dans le sol plus sec; le lédon[4] et le kalmia[5] bordent les grandes allées de fleurs parfumées au printemps, et les bouleaux nains, éparpillés comme par hasard, créent des îlots colorés, jaunes en fin d'été et rouge vif à l'automne. Les épinettes noires y croissent en pyramides splendides, comme taillées par un jardinier professionnel. D'un vert tirant sur le noir, elles déterminent toute la perspective du paysage. L'ensemble est d'une beauté qui marque la mémoire.

En arrivant sur le plateau des Grands Jardins, on est frappé par la forme de ces pyramides d'épinettes noires, de même

---

1 Réceptacles renfermant les cellules reproductrices des lichens.

2 Espèce de lichen arborescent.

3 Petits fruits.

4 Arbuste, communément appelé thé du Labrador.

5 Arbuste.

que par leur distribution. Les arbres ont poussé d'une façon très particulière en raison du climat rigoureux. Qu'on en juge : le nombre de nuits sans gel (calculé sur une période de trente ans) est de 27 en moyenne par année. En d'autres termes, il s'écoule environ 27 jours entre la dernière gelée du printemps et la première de l'automne. Par ailleurs, le sol, très pauvre, est formé de graviers qui, il y a quelques milliers d'années à peine, ont été lavés par la fonte des glaciers. À l'échelle de l'histoire de la Terre, la vie a eu tout juste le temps de recoloniser ce plateau à haute altitude. Il est donc très rare qu'une semence, même celle de l'épinette noire, réussisse à y germer. Le cas échéant, la croissance de l'arbre est extrêmement lente.

L'épinette qui croît perd constamment des aiguilles. Peu à peu, il se forme sous l'arbre un tapis d'humus qui, d'année en année, épaissit et enrichit le sol. L'envergure des branches augmente en même temps. Les longues branches inférieures, écrasées par la neige en hiver, finissent par prendre racine (marcottage). Une nouvelle génération d'arbres, disposés en couronne, s'élève autour du « patriarche ». Plusieurs dizaines d'années plus tard, une deuxième couronne se constitue, puis une troisième, etc. Cet étonnant processus explique la forme pyramidale si magnifique de l'épinette noire des Grands Jardins, qu'on appelle aussi épinette en candélabre (si l'on imagine la pyramide coupée en deux, le «candélabre» apparaît clairement: l'arbre aïeul, au centre, est flanqué d'un nombre égal de «chandelles» qui vont décroissant de chaque côté, exactement sur le modèle de la menora juive).

Les épais lichens qui tapissent le sol de cette forêt très clairsemée vivent de l'air du temps et de la pluie qui tombe. Ils n'ont pas de racines. Il faut les voir rayonner au soleil, immédiatement après l'orage, comme si chacun voulait montrer que son demi-ton est plus beau, plus clair, plus lumineux que celui du voisin! Dans ce petit paradis, les vacciniums (bleuets) soulignent les gris, les jaunes pâles des lichens et les verts des mousses. Au bord des lacs, l'aulne voisine avec le myrique baumier[1], le «bois-sent-bon» de ma grand-mère; ensemble, ils bordent d'un trait vert

---

1 Arbuste qui pousse en bordure des lacs.

foncé tous les plans d'eau, laissant les assiettes jaunes des tourbières à carex briser le tapis du parterre. Les gros cailloux s'habillent des figures circulaires des cétraires[1], se transformant en vases à fleurs vivants... À côté, les stéréocolons[2] gardent la mémoire de vieux sentiers que personne n'a foulés depuis des décennies.

Avec les feuilles de «bois-sent-bon» que mon grand-père venait cueillir pour elle, ma grand-mère confectionnait des petits sachets pour ses tiroirs de linge fin. Sur une simple pression des doigts, ces petits sachets dégageaient une douce odeur de résine. (En découvrant le myrique baumier dans le parc des Laurentides, c'est l'odeur de ma grand-mère que j'ai retrouvée, le plus beau parfum de vie que je connaisse. Aussi, quand on a rebaptisé à ma suggestion le camp de la Galette, en bordure nord du parc des Laurentides, camp des Myricas, on m'a fait un grand bonheur.)

Toutes ces merveilles, à cent kilomètres de Québec... Et, pour moi, une petite parcelle de mon enfance, résonnant de la

---

1 Espèce de lichen.

2 Espèce de lichen.

belle langue de mes ancêtres et traversée par les rêves qui ont animé mes projets de petit gars.

Jusqu'à la fin du siècle dernier, les Grands Jardins, l'ensemble du parc des Laurentides, la Mauricie et les autres régions de l'est du Québec n'étaient pas comme aujourd'hui le royaume de l'orignal, mais celui du caribou. On en voyait jusqu'à Trois-Rivières. Ils descendaient à travers les vallées où courent les rivières qui se jettent dans le fleuve. Beaucoup de vieilles photos montrent des wagons plats en provenance du lac Bouchette remplis à ras bord de caribous. On m'a d'ailleurs rapporté que les cultivateurs dont les champs avoisinaient les grandes forêts, le long du fleuve, en abattaient autant qu'ils pouvaient pour décourager les Indiens (qui suivaient les troupeaux) d'empiéter sur leurs terres.

Le folklore de Baie-Saint-Paul, de Saint-Urbain et de toute la région de Charlevoix regorge de légendes fleuries sur le caribou. J'en sais quelque chose, car les histoires de chasse des vieux de mon village ont ensoleillé toute mon enfance.

Je me souviens, entre autres, de celles de pépère Joseph de la Halle. Dans son temps, racontait-il, on pouvait tuer assez de caribous en une seule expédition de chasse pour charger deux hommes à plein « avec juste les langues »... Plus tard, quand je me suis familiarisé avec les comportements du caribou dans le Nord, j'ai compris que ce conte, qui m'avait toujours laissé très sceptique, avait un fond de vérité. Vers les années 1890, on estimait en effet à près de 10 000 têtes le troupeau de caribous des Grands Jardins.

Les narrations d'un autre vieux, M. Thomas Fortin de Saint-Urbain, confirmaient la valeur de cette estimation. Les *trails* étaient tellement bien battues en hiver, écrivait-il dans son journal, qu'il avait déjà franchi 50 kilomètres à pied sans raquettes. Parti des Grands Jardins, il s'était rendu jusqu'à la mare du Saut. Les troupeaux de caribous, disait-il, défilaient à la queue leu leu pendant des jours et des jours, les craquements de leurs pas crépitaient à l'oreille comme un grand feu, et les caprices des grandes poudreries découvraient souvent au regard des centaines de bêtes en mouvement...

L'orignal, lui, n'est parvenu dans l'est du Québec qu'au début du siècle. Il n'aurait traversé le fjord du Saguenay que vers les années cinquante. Voilà pourquoi, sans doute, les Montagnais de la rive nord du Saint-Laurent n'ont même pas de mot dans leur langue pour le nommer. Quant à Terre-Neuve et au Labrador, on n'y connaît l'orignal que depuis son introduction planifiée, durant les années cinquante et soixante.

À la même époque, le caribou disparaissait du parc des Laurentides. Pourquoi? Et pourquoi l'orignal avait-il pris sa place? J'ai voulu trouver réponse à ces questions.

L'orignal et le caribou ne compétitionnent pas: ils ne vivent pas dans le même habitat, ne se nourrissent pas des mêmes aliments. L'orignal profite des feux de forêt et de la coupe forestière, qui favorisent la repousse de nouvelles essences d'arbres. Le caribou, au contraire, ne peut vivre que dans les très vieux peuplements; il pâtit des perturbations causées par l'industrie humaine. La poussière des routes asphyxie les lichens, son aliment principal. À mesure que l'exploitation forestière s'est intensifiée, il aurait été normal que l'habitat du caribou se soit détérioré pendant que celui de l'orignal s'améliorait.

Mon équipe et moi avons donc commencé par chercher dans le parc des Laurentides des signes de grand feu de forêt. Or les photos aériennes du parc, qui permettent de « lire » avec précision des événements qui datent de plusieurs décennies, ne révélèrent aucune trace d'incendie majeur. Par ailleurs, les exploitants forestiers ne se sont pas attaqués aux forêts des Grands Jardins; ils les ont plutôt contournées, car elles n'étaient pas rentables.

Certains ont alors pointé un doigt accusateur vers les loups. C'est eux qui auraient exterminé le caribou. À mon avis, cette hypothèse était tout à fait irrecevable. Un prédateur n'a rien à gagner à exterminer sa proie, et la loi biologique démontre que c'est la proie qui détermine le nombre de prédateurs et non pas l'inverse. De toute façon, les loups ne s'en prennent pas aux leaders de troupeaux mais aux traînards, aux blessés, aux vieux.

Enfin, il était impossible d'invoquer une perturbation rapide et importante de l'habitat pour expliquer la disparition si subite d'un troupeau de plusieurs milliers de bêtes. Qu'était-ce à dire, alors?...

À la fin des années 1890, on a tenté d'introduire le wapiti dans le parc des Laurentides. Le wapiti est à l'occasion porteur de maladies et de parasites qui auraient pu attaquer les caribous. Devait-on songer à une épidémie? Mais une épidémie qui décime des milliers d'animaux ne passe pas inaperçue, et rien dans le journal du parc ou les archives ne suggérait pareille éventualité.

La réponse m'est venue progressivement, à mesure que se sont éclaircis les mystères de l'organisation sociale des caribous. Pas besoin, en effet, pour exterminer un troupeau, de tuer tous les animaux; il suffit, ai-je découvert, de détruire ce que j'appelle son « folklore », en abattant les chefs. Le folklore est la connaissance du terrain transmise des vieilles femelles aux plus jeunes. Ce sont les aînées qui guident le troupeau sur les bonnes routes de migration et vers les bons pâturages. En les éliminant, on condamne le troupeau à mort. Peu à peu, la lumière s'est faite. Pépère Joseph et monsieur Thomas m'avaient fourni la réponse à mon insu: c'était l'homme, et plus particulièrement mes propres ancêtres, qui avaient rayé le caribou du parc des Laurentides...

Un jour, après une conférence que je venais de prononcer au club Richelieu de Chicoutimi, un vieux monsieur s'est approché du podium:

— T'as bien raison, m'a-t-il dit. Quand j'étais jeune, je travaillais dans les chantiers du parc. J'étais «tueur» pour les compagnies forestières: je remplissais les «mitous»[1] de viande pour nourrir les bûcherons. Il n'y avait pas d'orignal dans le temps, alors j'abattais tout ce que je pouvais de caribous.

«D'ailleurs, c'était facile. On n'avait qu'à aller à leur rencontre sur la route de migration et à les observer un peu. Quand on avait identifié les chefs, on les abattait; ensuite, ce n'était plus qu'une affaire de munitions.»

En tuant systématiquement les leaders de harde, on a tellement affaibli la structure du troupeau des Grands Jardins qu'on a détruit son tissu social et son folklore. Les lambeaux de hardes restants, livrés à eux-mêmes, incapables de gagner

---

1 De l'anglais *meat house*: abattoir.

les aires de mise bas, les pâturages d'hiver ou les terrains de rut, se sont alors joints à d'autres troupeaux, et les ont suivis vers le nord. En quelques années, les Grands Jardins se sont vidés de leurs caribous.

Devant cet état de fait, l'idée de restaurer l'espèce dans le parc des Laurentides commença à se frayer un chemin dans mon esprit et celui de mon patron : puisque nous nous étions montrés capables de capturer des caribous et de les transporter jusqu'à Québec, ne serait-il pas également possible d'en « transplanter » dans le parc ? Pour de bon ? Pourquoi ne pas essayer de réparer le tort que nos grands-pères avaient causé ? Quelle perspective extraordinaire !

Il nous restait toutefois mille choses à apprendre avant d'être en mesure de proposer un projet d'une telle envergure à la direction du Ministère.

Chapitre 3

La capture

Forte de l'expérience de l'année précédente et complètement séduite par l'idée de ramener le caribou dans le parc, l'équipe des inventaires décida, avec l'accord plus ou moins tacite du directeur de service, de capturer d'autres caribous dans le Grand Nord, en plus grand nombre cette fois, et de les transporter directement dans les Grands Jardins.

L'opération n'aurait plus rien du coup de dé. Elle serait soigneusement planifiée et s'étendrait sur quatre à six semaines. L'autorisation de notre supérieur était toutefois assortie d'avertissements clairs. Il n'était pas question de transformer le parc en zoo, donc de garder les caribous en captivité ou d'en faire l'élevage. En d'autres termes, les animaux devraient être libérés en forêt dès leur arrivée.

Vis-à-vis de mes supérieurs, je pratiquais la stratégie de la moindre résistance. Je ne discutais pas les ordres. Un scénario très différent de celui qu'envisageait mon patron était cependant en train de s'élaborer dans ma tête, un scénario dont je n'étais pas encore prêt à défendre chaque volet. Ma connaissance du caribou était encore trop parcellaire. Mieux valait commencer par bien documenter mes intuitions.

Sur le plan pratique, il y avait de toute façon beaucoup à faire avant de repartir pour le Grand Nord. Ni l'équipement ni la méthode de capture n'étaient au point. Les améliorations à ce chapitre se sont poursuivies, en fait, sur plusieurs années. Pour chaque expédition, par exemple, il a fallu fabriquer les traîneaux en fonction de la largeur des portes des avions et de la charge maximale propre à chacun. Car nous aurions recours à plusieurs types d'appareils. Ce deuxième hiver, il importait aussi, pour choisir un bon site de capture, d'étudier le comportement du caribou des bois, du moins ce qu'il était possible d'en déchiffrer à ce stade. Toute l'équipe devait s'en pénétrer et le mémoriser, notamment à l'aide des photos que nous n'avions pas manqué de prendre durant le voyage précédent.

L'hiver, dans le sud de son aire de distribution, le caribou des bois fréquente les forêts clairsemées du pourtour des lacs. C'est là qu'il paît les lichens et autres plantes qui composent son régime. Lorsqu'il a bien brouté, il préfère l'espace ouvert du lac pour se reposer et ruminer. Un lac est un lieu sûr, d'où il peut surveiller tous les environs. Pour se déplacer du lac vers son garde-manger, l'animal emprunte toujours les deux ou trois mêmes pistes. Ce détail s'est révélé important dans l'élaboration de notre stratégie.

Le troupeau en migration, qui compte plusieurs dizaines de milliers de têtes, se déplace constamment. Toutes les quelques dizaines de kilomètres, il s'arrête pour 10 ou 12 jours, et les diverses hardes se répartissent autour des lacs avoisinant la zone de pâturage. Puis les animaux se regroupent, parcourent encore quelques dizaines de kilomètres, s'arrêtent de nouveau, etc.

Les inventaires nous ayant révélé la topographie de la région, la taille du troupeau et le tracé de sa route de migration, je choisis comme site de capture un endroit situé en amont de son passage : le lac Opiscotéo. Les animaux, défilant vers le sud, progresseraient dans notre direction. (Les trois hivers subséquents, nous avons dû trouver d'autres sites. Impossible malheureusement de réutiliser le même d'une année à l'autre, car il semble que les caribous en gardent le souvenir.)

Il faut environ 24 heures pour installer notre base, c'est-à-dire pelleter un mètre et demi de neige, ramasser une bonne provision de bois dans la forêt environnante, le fendre et, finalement, monter les tentes. Chaque membre de l'équipe étant un « gars de bois » expérimenté, qui sait ce qu'il a à faire, il me suffit, comme chef d'expédition, de coordonner l'effort. Pour renforcer l'équipe, j'ai « emprunté » Charley O'Brien au Service des parcs. Engagé officiellement comme cuisinier, Charley est tellement habile à la hache qu'il peut, dans le temps de le dire, te tailler un lit à baldaquin dans une épinette, ou encore un réfrigérateur ou une chaise de bureau...

En déblayant la neige, nous découvrons avec surprise des perches de tente, un rond de feu, des panaches et des crânes d'animaux suspendus aux branches des épinettes. Nous étions tombés sur un ancien site de campement indien. Les os tout rongés, couverts de lichens, témoignaient de l'activité de ceux qui avaient fréquenté bien avant nous ces lieux reculés. (Les Indiens connaissaient parfaitement les routes de migration du caribou, sinon ils n'auraient pas survécu à l'hiver.) Voilà que nous chassions, à la manière « scientifique », des troupeaux que nos prédécesseurs avaient suivis à la trace durant des générations. Comme nous, ils avaient vu les hardes défiler interminablement devant leurs abris.

Trois années encore, j'aurais à déterminer l'emplacement de notre base, sur la route de migration des caribous. Chaque fois, il s'agirait d'un campement indien, où l'on avait honoré l'esprit de l'ours, du loup, du castor ou du caribou en suspendant des crânes à des arbres.

La tente cuisine est montée la première parce que notre survie dépend d'elle : à - 30° C, couchés sur une brassée de branches d'épinettes, il est essentiel d'avoir l'estomac plein pour ne pas mourir de froid durant la nuit. Puis je lance à Albert Gagnon : « Va donc nous tuer un caribou et accroche une fesse devant la tente cuisine. » Les hommes pourront ainsi se tailler à volonté des copeaux de viande avec leur couteau de chasse. Le caribou gelé, cru, est un délice. Il fond sur la langue et dégage dans la bouche une saveur unique. On dirait du cognac.

Ensuite nous dressons les autres tentes : pour l'équipe (nous dormons à deux ou trois), pour les pilotes, pour l'équipement. Rapidement, un petit village surgit dans la toundra.

Le lendemain, toute l'attention se tourne vers le troupeau et la tâche qui nous attend. Première opération : construire un enclos pour les bêtes derrière le site de capture. (J'espère en avoir bien choisi l'emplacement car, une fois l'enclos construit, il est trop tard pour déménager !) On dira que nous vendions la peau de l'ours avant de l'avoir tué, mais il n'y avait pas d'autre solution.

Partis du camp avec tout notre bataclan – clôture à neige, traîneaux, filets, corde, broche, etc. –, nous commençons par effectuer un vol en rase-mottes au-dessus de la forêt pour en chasser les caribous qui broutent et bien fixer dans notre mémoire toutes les particularités géographiques de la zone. Puis, le matériel déchargé, nous le distribuons rapidement aux endroits appropriés à l'entrée de la forêt.

L'enclos, qui sera percé d'une porte large, est facile à situer correctement. Il suffit qu'il ne soit pas visible du lac et présente quelques épinettes en bon état. Chacun se met au travail aussitôt car il faut faire vite. La conversation se limite à l'essentiel. Rapidement, deux hauteurs de clôture à neige sont fixées aux épinettes et recouvertes d'un drap de jute. Cette paroi est consolidée, sur ses 60 mètres de pourtour, par de la neige soigneusement foulée qui, dans les températures nordiques, tourne en glace et devient aussi dure que du ciment.

À mesure que les hommes terminent leur section d'enclos, ils vont rejoindre l'équipe des poseurs de filets. Ceux-ci, disposés en *V* sur environ 200 mètres, sont hissés entre le lac et l'enclos sur les sentiers qu'empruntent les caribous. Ils sont également invisibles du lac. Le plus grand est une herminette: un filet à loups-marins en corde de coton blanc à mailles d'environ 15 centimètres, très solide. S'ajoutent des filets à saumons, plus petits, saisis par les agents de conservation chez les braconniers. Embrochés sur la tête des épinettes, ils pendent jusqu'au sol comme des draperies.

Malgré son aspect rudimentaire, notre installation présente un avantage capital: elle obéit de tous les côtés. Pendant la battue, les arbres plieront sous les chocs et les tensions, ce qui réduira au minimum les risques de blessure, autant pour les hommes que pour les animaux. Fixés à des supports plus rigides, les filets se déchireraient dès les premières minutes de l'assaut.

Quelques hommes, chargés de cordes, sont assignés à la surveillance d'un segment d'une cinquantaine de mètres de filet chacun. Les autres gagnent les extrémités du grand *V* où ils barreront la voie aux animaux qui voudraient contourner le filet. Puis, à mon signal, chacun se dissimule derrière un arbre.

Pendant ce temps, les deux pilotes prennent leurs points de repère et décollent. Dans un premier temps, ils font des passes à basse altitude pour ramener sur le lac les animaux qui ont eu le temps de s'en éloigner. S'étant posés, ils rabattent prudemment la harde entre leurs deux appareils, en skiant sur la neige. Désorientés par le bruit infernal, les caribous partent au petit trot vers leurs ravages, cherchant la sécurité de pistes familières. Bientôt, le trot vire au pas de course. Les pilotes, suivant la dangereuse consigne, poussent les animaux le plus loin possible, jusqu'à la lisière même de la forêt. (L'un des avions a déjà heurté une épinette du bout de l'aile!) Dès que les animaux débouchent derrière les arbres, les hommes bondissent: sortant de leur cachette, ils crient, gesticulent, font tournoyer les cordes au-dessus de leur tête pour entraîner les bêtes vers les filets. C'est un charivari indescriptible d'hommes et de caribous qui courent dans tous les sens, un vacarme inouï de cris, de craquements, de grondements stridents (les avions font un bruit assourdissant sur le lac pour enlever aux animaux toute envie d'y retourner). Ouf!... Sur une harde de 150 caribous, nous récoltons trois bêtes. Les autres ont réussi à s'échapper.

Durant toute l'opération, je prête une oreille attentive à la manoeuvre des avions. Pendant la pagaille effrayante qui accompagne l'arrivée des caribous dans les filets, le pire peut arriver. Toutes les éventualités imaginables tournent dans ma tête. Le coeur me bat à tout rompre. J'ai peur. Ces hommes et moi fonçons dans un fouillis de pattes, de panaches, de cordes, de branches, de neige tourbillonnante. À tout moment, hommes et caribous risquent d'entrer en collision.

Les pilotes n'arrêteront pas les moteurs. S'il survient un accident, ils doivent être prêts à redécoller sur-le-champ pour l'hôpital. Heureusement, les caribous ne peuvent pas courir très vite dans la neige molle; ils y enfoncent jusqu'au poitrail. Mais cela n'a pas empêché plusieurs incidents malheureux de se produire au fil des ans : fractures aux côtes, brûlure à la main causée par une corde que dévidait un caribou à la course, etc.

Les uns après les autres, les hommes de filet qui affrontent maintenant des caribous captifs hurlent à l'aide. Les copains dont le segment est resté vide vont prêter main forte à ceux qui crient le plus fort. Je prends position au coeur de la mêlée. De là, j'attends le « OK » final de chacun par-dessus le tumulte. Ensuite seulement je fais signe aux pilotes de stopper les moteurs.

Mais tout n'est pas terminé, au contraire. Les animaux sont trop fatigués pour supporter des drogues qui les immobiliseraient facilement. Il faut donc leur mettre la main dessus « nature », avant de les contentionner et de les transporter dans l'enclos.

Nos bêtes ont généralement le panache empêtré dans le filet, ce qui rend leur arrière-train très... remuant. Comment les saisit-on ? On leur saute sur le dos à bras et jambes ouverts. Même si la neige profonde ralentit leurs mouvements, cet exercice n'est pas exactement une sinécure ! Au cours d'une battue, Albert, qui avait réussi à enfourcher son caribou, s'est fait enrouler avec lui dans le filet. Il a fallu une demi-heure pour les libérer tous les deux, saucissonnés qu'ils étaient dans les mailles. À deux sur le même caribou, la gymnastique était moins ardue mais quand, une autre année, nous avons ramassé 16 ou 18 caribous d'un seul coup de filet, quel tintamarre de cris, de jurons, d'éclats de rire, d'appels à l'aide dans les corps à corps ! Inoubliable.

Les hommes tirent ensuite vers l'enclos, en traîneau, l'animal qu'ils ont contentionné. Tous ont appris la même technique de ficelage, mais tout le monde, c'est bien connu, a sa façon de comprendre les noeuds... Voilà pourquoi, quand arrive le temps de les défaire, dans le corral, chacun est tenu de détacher lui-même « son » caribou. Ce petit règlement, destiné à prévenir les querelles, avait des répercussions insoupçonnées : comme le jumelage intervenait dès l'instant de la capture, il se tissait des liens au fil des jours entre les hommes et leurs caribous. Au point où plusieurs animaux portaient des noms propres...

Autre consigne capitale parmi l'équipe : « Surveille le nez de ton voisin ! » À -25° C, essoufflés comme des marathoniens, nous risquions sans cesse de nous geler le nez. Malgré tout, le froid n'était pas toujours un handicap majeur. En fait, la température idéale pour travailler était de -23° C.

Quand le mercure chutait davantage, il fallait, il est vrai, prendre nos précautions. Mais s'il montait, nous rentrions le soir dans des vêtements trempés. Se posait alors l'épineux problème du séchage sous la tente.

Pendant le bref vol de retour au campement, pas un mot n'est échangé. Nous sommes vidés. Et puis la faim nous tenaille. Nous n'avons pas eu le temps de manger à midi, ou si peu. Qu'elle sera bonne, la soupe chaude qui mijote dans la marmite de Charley !

Pendant le souper, dans un feu roulant d'histoires drôles, ponctuées d'énormes éclats de rires, les incidents de la journée revivent, embellis par le plaisir d'être ensemble. Après la vaisselle et une petite réunion sérieuse pour mettre au point la sortie du lendemain, l'heure de se mettre au lit sonne. Dans des conditions arctiques, à deux ou trois dans une petite tente, c'est toute une cérémonie que de préparer les sacs de couchage. Mais personne ne s'attarde car demain matin, à 6 heures, la tourmente recommence !

Un matin dont je me souviendrai longtemps, le mercure était descendu à -41° C. Le visage figé de froid, je me sentais les yeux comme deux billes de glace. Sortant les mains de mon sac de couchage, je les avais posées sur mes orbites pour les réchauffer un peu, et m'étais rendormi. À mon réveil, mes deux auriculaires étaient restés droits en l'air et commençaient à s'engourdir. Leur picotement m'avait tiré du sommeil. Heureusement, car j'aurais bien pu les perdre pour de bon!

Cette année-là, sur le lac Opiscotéo, à l'ouest de Wabush, nous avons capturé 12 caribous. Pierre Desmeules et Jean-Marie Brassard, les ingénieurs forestiers qui avaient lancé les inventaires de gros gibier au Ministère, se sont envolés les premiers avec quatre bêtes dans un Norsman sur skis. Entre-temps, une autre équipe, dirigée par Élie Bolduc et Clément Gauthier, avait construit un enclos pour accueillir les caribous sur les rives du lac Turgeon, dans le parc des Laurentides.

Un Norsman est un avion de bois et de toile datant de la Première Guerre mondiale, un véritable objet de musée. Le nôtre était un peu surchargé. De plus, il glissait mal sur la neige humide. L'appareil a décollé de peine et de misère, juste au bout du lac. Malheureusement, dans la région de Forestville, entre Baie-Comeau et Tadoussac, le temps s'est gâté. Comme il n'y avait pas d'aéroport dans les environs immédiats, le pilote a cherché et trouvé un champ pour se poser d'urgence. Après coup, on s'est aperçu qu'il n'y en avait pas d'autre dans toute la région. L'avion s'est arrêté à quelques mètres d'une grange...

Pierre et Jean-Marie ont déchargé les caribous. Mais, des jours plus tard, il a fallu des fusées propulsantes pour faire redécoller le Norsman tant la «piste» était courte. Quant aux bêtes, elles ont effectué le reste du trajet en camion. Un voyage de plus de 18 heures ! Le caribou, je venais de l'apprendre, est un animal extrêmement résistant.

Pendant ce temps, les huit autres caribous destinés au parc attendaient dans l'enclos du lac Opiscotéo. Il avait été convenu qu'un Otter, avion beaucoup plus puissant que le Norsman, viendrait nous chercher avec notre cargaison dans deux jours. Mais, le jour venu, tout l'équipement prêt et les animaux alignés sur leur traîneau, la météo fait des siennes et...

pas d'avion. Personne ne cède à la panique : nous déballons le strict nécessaire pour nourrir nos caribous et passer la nuit.

Le lendemain, toujours pas d'avion ! Eh bien, l'attente a duré huit jours. Huit jours complets à ne rien faire... Par bonheur, il ne faisait pas très froid. Certains jours, nous entendions le Otter voler au-dessus de nos têtes. Le pilote n'arrivait pas à franchir le brouillard à basse altitude. À la fin, les hommes et moi commencions à ressembler à des sans-abri. Le bon feu qui réchauffait le campement avait même percé les toiles de nos tentes en lançant ses étincelles...

Le neuvième jour, sortis de notre trou de brumes arctiques, nous avons finalement atteint le parc avec nos huit animaux, toute la compagnie saine et sauve.

Chapitre 4

En pension dans le parc

Les premiers pensionnaires du lac Turgeon, en bordure des Grands Jardins, étaient donc au nombre de douze. À force d'insister, j'avais obtenu qu'ils ne soient pas libérés à leur arrivée en expliquant que, dans ce nouvel habitat, ils ne sauraient pas où aller pour s'alimenter. Après l'énorme stress qu'ils venaient de subir, personne ne savait même s'ils survivraient.

Je m'étais fait mélanger une moulée spéciale pour nourrir mes caribous. Chaque jour, ils recevaient en outre un chargement de lichens récoltés sous la neige dans les pessières toutes proches.

Les lichens gardent le rumen (premier estomac) apte à digérer la végétation, nourriture normale du caribou pendant l'hiver.

Nos animaux étaient logés dans un enclos en clôture à neige de même modèle que celui du site de capture, mais beaucoup plus grand, et dont une partie avançait dans le lac. Pour masquer la porte d'accès, j'ai fait l'erreur, au début, d'utiliser du papier goudronné. Ce que j'ignorais, c'est que les caribous aiment le goût du papier goudronné ! Une femelle en a mangé suffisamment pour en mourir empoisonnée.

Nous avons perdu une deuxième femelle de façon non moins étonnante. Elle a été tuée par des geais. Je m'explique : pendant la capture, les cordes lui avaient meurtri le dos, derrière le garrot. La blessure n'était pas plus grosse qu'un doigt. Une croûte rouge sèche s'étant formée à la surface, je n'avais appliqué aucun pansement. C'était mal connaître les rigueurs de la nature, qui ne pardonne jamais. Et mal connaître les geais, qui adorent le rouge. Avant que j'aie eu le temps de me ressaisir, ils avaient picoré la tache rouge, emporté la croûte et commencé à fouiller la chair, rouge aussi. En moins de 24 heures, les oiseaux avaient creusé dans les muscles du dos de mon caribou un trou plus grand que ma main. Il a fallu l'abattre. Mais la leçon a porté : dorénavant il faudrait prendre garde aux blessures, si bénignes soient-elles.

En mai, une fois surmontés les premiers stress de la capture, du transport et de la réadaptation, d'importantes questions ont surgi : les femelles étant gestantes, combien de caribous comptait réellement notre enclos ? Et, surtout, serions-nous forcés de les libérer pour obéir aux injonctions de nos supérieurs ? « Défense de faire du parc des Laurentides un zoo ou une ferme d'élevage ! » m'avaient-ils prévenu. Alors j'ai répliqué :

— Messieurs, on ne peut tout de même pas relâcher ces bêtes dans un environnement totalement étranger. Les femelles s'apprêtent à mettre bas ! Où ? Elles l'ignorent, elles n'ont pas déterminé d'aire de mise bas. Lâchés dans la nature, nos caribous risquent de s'éparpiller. La saison de la dispersion commence d'ailleurs bientôt. Les prédateurs n'en feront qu'une bouchée.

J'ai multiplié les arguments. Mais il en est un que j'ai gardé secret: après tous ces efforts, je n'allais quand même pas nous priver de la joie d'assister à ces naissances tant attendues!

À la fin, les patrons nous ont accordé un sursis. Et, merveille des merveilles, nous sommes devenus parrains de cinq beaux poupons poilus. La fierté de l'équipe ne connut plus de bornes. Mais le temps filait. Après la période de mise bas, il fallait trouver d'autres arguments pour retarder l'échéance jusqu'à la fin de l'été. La question de l'alimentation nous les fournirait.

Avant de pousser plus loin notre projet, il fallait en effet explorer plus sérieusement les 1000 kilomètres carrés des Grands Jardins pour identifier les diverses espèces de lichens et autres plantes saisonnières dont le caribou se nourrit. Plus précisément, nous devions cartographier et quantifier ces ressources pour établir si les Grands Jardins constituaient un habitat viable.

Personnellement, je me concentrerais sur l'alimentation en enclos. Notre moulée était appréciée des animaux, qui la consommaient en grande quantité. Mais les lichens se trouvaient à la portée de la main, et nous avions tout l'équipement nécessaire pour les récolter. Pourquoi alors se donner la peine de fabriquer de la moulée ? Le hic, c'est que personne ne connaissait les préférences de nos caribous en matière de lichens. Pierre Desmeules et moi nous mettons au travail. Il étudierait les lichens sur le terrain pendant que je mesurerais leur attrait auprès des bêtes dans l'enclos.

Ensemble, nous avons donc effectué des tests pour déterminer quelles espèces de lichens, parmi les 200 qu'un spécialiste d'Ottawa avait identifiées, nos caribous mangeaient avec le plus d'entrain. Les quantités consommées quotidiennement seraient calculées aussi pour nous éclairer sur la capacité de support des zones du parc qui accueilleraient éventuellement le caribou.

Par malheur, deux incidents très sérieux ont compromis un an complet d'efforts durant ces travaux.

Pierre, désireux de faire sanctionner par un autre spécialiste la validité de son étude, invite Dough Pimmlott, de Toronto, à nous rendre visite. Son invité explore avec lui les Grands Jardins en portant une attention particulière au travail en cours sur les places-échantillons. (Une place-échantillon est un cercle de un mètre carré de surface où l'on prélève absolument toute la végétation. À la fin, le sol minéral est à découvert.) Pour évaluer correctement une superficie aussi grande que celle des Grands Jardins, il fallait travailler sur plusieurs centaines de places-échantillons. Au laboratoire, chaque plante (il y en avait des milliers) était identifiée, mesurée, pesée et cataloguée. Au terme de l'opération et après analyse, nous espérions découvrir combien l'ensemble du territoire contenait de nourriture appropriée au caribou, et combien d'animaux pourraient y trouver leur subsistance.

Dough met alors le doigt sur une faille majeure du processus. En habitué de ce type de recherche, il demande à Pierre si l'on a bien enregistré TOUTE la végétation contenue dans les places-échantillons. Pierre, candidement, répond que oui. Comment se fait-il alors, s'enquiert son collègue, que les places-échantillons déjà mises à nu ne contiennent pas d'arbres? Catastrophe! Les employés sur le terrain, estimant que c'était le lichen qui nous intéressait et non les arbres, avaient pris l'initiative de « déplacer » de quelques centimètres les places-échantillons où poussait un arbre... Les données recueillies depuis le début étaient fausses. Tout était à recommencer !

Par ailleurs, du côté de l'enclos, les choses n'allaient guère mieux. Identifier, séparer, peser plusieurs fois par jour les quantités énormes de lichen mouillé offertes aux bêtes, re-peser ce qu'il en restait après un temps donné de consommation libre, tout cela était devenu monotone et fastidieux. Comme de toute façon les poids variaient à peine d'un jour à l'autre, les préposés avaient trouvé plus simple d'inscrire des chiffres imaginaires à la place des données véritables... Re-catastrophe !

À première vue, l'été était perdu. Mais, dans les faits, nous avions gagné sur deux plans : l'équipe avait acquis toutes sortes de précieuses connaissances, et nos animaux se trouvaient toujours en captivité. Le motif invoqué pour nous justifier ? Il y avait eu tant à faire que nous en avions « oublié » de libérer les caribous...

Maintenant, la période du rut approchait, et, avec elle, encore un plein lot d'inconnues. Plus que jamais, il importait d'obtenir une autre prolongation de notre mandat. De mois en mois, nous appliquions ainsi la tactique du salami : de petite tranche en petite tranche... Dès le départ, en effet, j'avais eu l'intuition qu'en libérant les géniteurs, nous amenuisions nos chances de succès. À mon avis, ils tenteraient de regagner le Grand Nord. En secret je ne voulais relâcher dans le parc que les animaux nés en captivité. Si je m'évertuais à garder mes caribous en enclos, c'est que tout me portait à croire que ce raisonnement était juste. Toutefois, je ne pouvais pas encore le démontrer scientifiquement.

Comme on aurait opposé un NON catégorique à mon idée, je l'ai gardée pour moi mais j'ai allongé au maximum chacun de nos échéanciers. Plus tard, les projets de restauration du caribou dans l'île du Cap-Breton, en Nouvelle-Écosse et dans le Maine (É.-U.) m'ont donné raison. Dans les deux cas, on a libéré les géniteurs et on n'a plus jamais revu de caribous !

N'empêche que, l'automne venu, mon argumentation était assez solide pour convaincre le Ministère d'inscrire notre projet parmi ses objectifs officiels. À partir de ce moment, enfin, le *Projet de restauration du caribou dans le parc des Laurentides* existait pour de bon!

Sur un autre front, cependant, d'autres types de difficultés surgiraient bientôt qui exigeraient une intervention immédiate sur le terrain: les incursions des braconniers. Je connaissais personnellement quelques braconniers de la région de Saint-Urbain. Lucien, entre autres. L'homme raisonnait comme les vieux du pays: «Ces animaux-là, disait-il en parlant des orignaux, sortent tout seuls du bois, au bout de ma terre. Ils se mélangent à mes bestiaux. Je fais juste les récolter, moi! Les gardes-chasse ne veulent pas comprendre... Et puis, je n'ai jamais demandé qu'on installe un parc à côté de chez nous!»

En cherchant ce qui avait entraîné la disparition du caribou dans le parc des Laurentides, j'avais conclu à la responsabilité des gens de Charlevoix. En revanche, je ne pouvais concevoir d'y ramener le caribou sans associer à cet effort toutes les collectivités entourant le parc. Après tout, c'étaient mes grands-pères et les vieux de Baie-Saint-Paul et de Saint-Urbain qui, les premiers, m'avaient fait rêver de caribous en évoquant des chasses fabuleuses, des mémorables festins de langues, des poudreries traversées de milliers de silhouettes de caribous... La population des environs, avais-je conclu, me soutiendrait. Elle ferait entendre raison aux récalcitrants, c'est-à-dire aux braconniers et à leurs clients... J'ai donc commencé à ébruiter nos succès et à donner des conférences devant les associations de chasse et de pêche pour gagner l'appui du public. Et puis, notre équipe avait tourné un film sur la capture des caribous dans le Nord. Quel meilleur véhicule pour rejoindre les gens ?

Personne n'a résisté à l'envie de voir le film. Même pas les braconniers. Mes conférences se terminaient toujours par : « Le reste, mesdames et messieurs, c'est à vous qu'il revient de le faire. Si vous tenez à revoir des caribous dans votre parc, après tout l'effort et tout le temps que le Ministère y a investis, eh bien donnez-leur une chance : n'allez pas dans le parc les abattre. Ensemble, nous sommes capables de réparer les erreurs de nos ancêtres ! »

Au début, les caribous qui sortiraient du parc seraient évidemment en danger. Mais je voulais accroître la pression sociale au point de contraindre même les braconniers d'occasion. Quant aux professionnels, comme Lucien, je comptais m'en charger personnellement. Ma campagne de sensibilisation risquait, dans leur cas, de faire plus de tort que de bien en les poussant au défi. À preuve, on a vu *un garde-chasse du Ministère,* piqué au vif, venir se tuer lui-même un caribou, et dans l'enclos s'il vous plaît !

À côté de ces petites défaites, nous célébrions de petites victoires. Lucien, par exemple, me dit un jour :

— Tu sais, Benny, tu m'as fait rater un beau gros orignal mâle l'autre jour. Je l'avais juste dans ma mire quand t'es arrivé à l'enclos dans ton vieux camion. Tu menais un train d'enfer, alors il s'est sauvé !

— Lucien, je te parle de caribous. Tu n'as pas oublié notre entente, j'espère ?

— Non, non, Benny, t'en fais pas, je ne touche pas à NOS caribous.

* * *

L'année suivante, nous avons construit un autre enclos, beaucoup plus spacieux, au nord du lac Jacques-Cartier, sur le chemin du lac Malbaie, pour les 23 autres animaux que nous avions ramenés du Grand Nord (en DC-3, cette fois). Le nouvel enclos se trouvait à 50 kilomètres du premier, mais la distance ne faisait pas vraiment problème puisqu'il fallait de toute façon sortir récolter du lichen tous les jours dans les Grands Jardins.

Une parenthèse au sujet du voyage en DC-3, l'un de ceux que je ne suis pas près d'oublier, même si je n'étais pas au nombre des passagers. Quand un pilote atterrit sur un lac nordique en hiver, il étudie la luminosité de la neige dans toutes ses nuances au cas où, entre la couche de neige et la glace, se cacherait de l'eau. Il arrive, en effet, que se forme un dangereux vide sous la glace. Quand elle s'affaisse d'un coup sous le poids de la neige, l'eau la recouvre aussitôt. Rien n'y paraît ou presque, en surface. L'eau, qui s'accumule parfois jusqu'à une hauteur de 20 centimètres, ne gèle pas, isolée qu'elle est par une bonne couche de neige soyeuse et non perturbée. Lorsque les skis de l'avion se posent sur cette bouillie, ils en éclaboussent le dessous de l'appareil, qui gèle instantanément. *Slusher* un avion, c'est la hantise des pilotes de brousse en hiver. Le fait, à l'atterrissage, de revenir sur leurs traces en virant à 180 degrés les aide non seulement à redécoller, mais aussi à déterminer si la glace est mouillée.

Le pilote du DC-3 m'avait prévenu :

— J'arriverai à 15 heures sur le lac. Avec le froid qu'il fait, je ne me poserai pas plus d'une heure. À 16 heures donc, on décolle. Hommes, bagages, caribous, je vous accorde 5000 livres[1], pas une once de plus !

Mes hommes et moi sommes au travail depuis 5 heures du matin. Capture, contention, tranquillisation, pesée, le boulot n'a pas cessé.

Je suis en train de paralyser notre dernier caribou quand j'entends gronder le DC-3. Tous les animaux sont prêts pour le voyage : couchés en rangs serrés sur le lac, les yeux bandés, les quatre pattes attachées par une boucle lâche à hauteur des pâturons. Deux larges courroies, sur le dos, les maintiennent

1 2200 kilos.

sur une civière. Quatre bonnes poignées permettent de hisser les brancards sans trop de difficulté jusqu'à la porte de l'avion, à près de deux mètres du sol.

Je connais le poids de chaque animal, de chaque homme et de tout le bagage. Mais quand on remplit un avion, surtout un appareil aussi puissant, on n'a pas idée d'abandonner deux caribous sur le lac rien que pour obéir au pilote... Advienne que pourra, je charge deux animaux de plus sans souffler mot. Un DC-3, ça peut en prendre ! Satisfait, j'observe ensuite le décollage.

La neige et, peut-être, l'excès de poids ralentissent la manoeuvre, déjà moins aisée sur un lac que sur une vraie piste. À l'autre bout du lac, l'avion court droit dans une coulisse de gadoue. Le pilote réagit instantanément. Sans ralentir, il fait demi-tour et s'arrête non loin de moi. D'un côté, le dessous de l'avion est couvert de glace. Il nous a fallu une heure et demie pour nettoyer le dégât ! Impossible d'échapper à cette corvée, c'était la seule façon de pouvoir ramener les skis près du fuselage. Finalement, le déglaçage terminé, notre DC-3 repart avec ses deux caribous excédentaires... (Deux semaines plus tôt, le même appareil s'était *slushé* complètement. Les hommes avaient mis, non pas une heure et demie, mais une semaine complète pour le libérer et lui battre une piste de décollage !)

Cet hiver-là, Paul Brown, le sous-ministre, accompagné de notre nouveau chef de service, Étienne Corbeille, est venu inspecter notre camp dans la toundra et passer une journée ou deux avec nous sous la tente. Leur conclusion à tous deux : « Vous êtes complètement fous ! Travailler dans des conditions pareilles, sans même réclamer de primes d'éloignement ou de surtemps ! Nous qui pensions que votre voyage était une partie de plaisir... » Nos patrons ont vu ce qu'était, et n'était pas, une expédition dans le Grand Nord.

Chapitre 5

Les inventaires

Notre ambitieux projet était né à la faveur des inventaires de gros gibier que menait chaque année le Ministère. Ces études servaient non seulement à quantifier la ressource faunique mais aussi à en documenter l'accessibilité pour les besoins de la chasse, un secteur dont j'étais devenu responsable. De décembre à avril, je participais donc aux inventaires de l'orignal, du caribou et, quelquefois, du chevreuil.

À cette fin, mes techniciens d'élite (Aldée Beaumont, Paul Beauchemin, Didier LeHenaff, Clément Gauthier, Albert Gagnon) et moi survolions à basse altitude d'immenses étendues : environ le cinquième de toute la superficie de la province de Québec.

La technique de survol et d'inventaire variait en fonction des espèces. Pour le chevreuil, dans le sud, nous localisions les ravages. Pour l'orignal, qui occupe la bande centrale de la province d'ouest en est, nous procédions par grandes places-échantillons. Pour le caribou, dans la moitié nord, nous faisions de longues virées en vols parallèles.

L'équipe de vol était formée du pilote, du copilote à sa droite et de deux observateurs chargés de repérer tous les endroits, pistes ou aires d'hivernement où le tapis de neige avait été piétiné par les animaux. Le copilote notait les observations des passagers sur une carte topographique tout en suivant attentivement la ligne de vol.

Dans le cas du chevreuil, après un premier tour, nous survolions une deuxième fois les ravages pour en déterminer précisément les contours et la superficie et, si possible, évaluer le nombre des animaux. Le copilote, la carte sur les genoux, localisait, annotait sans relâche, tandis que les observateurs, postés derrière chacun à sa fenêtre, hurlaient par-dessus le vacarme du moteur : « Piste à gauche ! Ravage à droite ! Trois chevreuils à droite ! Un loup à gauche ! »

Il en allait autrement pour l'orignal. Mieux adapté à la neige profonde et à la forêt boréale que le chevreuil, mais très asocial, l'orignal présente des aires d'hivernement beaucoup plus dispersées. Devant l'impossibilité de couvrir l'ensemble de son territoire, nous survolions des places-échantillons de 16 kilomètres carrés distribuées au hasard dans une région déterminée. L'avion décrivait des spirales, de l'extérieur vers le centre. À la fin de chaque spirale, le virage était si serré que la tête nous enfonçait dans les épaules. Le déjeuner avait intérêt à être bien fixé !

Pour s'assurer de n'omettre aucune portion de la place-échantillon, l'observateur installé du côté gauche confirmait toutes les données signalées dans le virage précédent par le coéquipier de droite. Puis, avant de passer à la place-échantillon suivante, on s'accordait un petit répit bien mérité. En effet, les perturbations de la basse altitude combinées à la pression centrifuge intense et à l'inconfort de la position fixe (yeux rivés au sol à travers la fenêtre, cou comprimé entre les omoplates) finissaient par rendre complètement gaga l'observateur le mieux intentionné. Il est difficile de s'imaginer l'effort que représentent, jour après jour, huit heures de vol en tire-bouchon à basse altitude. Il faut un sacré bon coeur et une très ardente motivation pour tolérer les montées et descentes rapides à flanc de montagne, entre les coulées et les caps.

Les inventaires du caribou n'exigeaient pas de pareilles acrobaties, du moins dans leur phase initiale. Ils n'avaient rien à voir non plus avec ceux du chevreuil, concentré dans les petites cédrières du sud de la province. Les caribous occupent un territoire tellement vaste que nous le survolions en DEUX avions traçant des lignes droites parallèles à environ dix kilomètres l'un de l'autre. Au retour de ces grandes virées, l'examen des cartes topographiques annotées dans les deux appareils permettait de retracer les pistes qui se prolongeaient d'une ligne de vol à l'autre, les aires d'hivernement, la direction de la migration, bref toutes les données nécessaires pour repérer plus tard les troupeaux eux-mêmes.

L'opération n'a pas l'air très compliquée mais, dans les faits, 30 000 caribous dans la toundra ne sont guère plus visibles qu'un sou noir sur une pelouse. Lors d'une réunion des biologistes du caribou de l'Amérique du Nord, des collègues du Yukon m'ont déjà affirmé avoir « perdu » un troupeau de 20 000 têtes près de la frontière bordant les Territoires-du-Nord-Ouest. Personne ne savait où les bêtes étaient passées ! Or, 20 000 caribous en migration, c'est une procession qui défile pendant des jours. Voilà qui donne une idée de la dimension du pays.

Une fois les virées terminées, nous repartions donc faire des vols de reconnaissance précis pour localiser et dénombrer les troupeaux de caribous. Je me souviens d'un jour où la sortie avait été retardée de plusieurs jours en raison du mauvais temps. À bord de l'avion, l'équipe, qui s'était morfondue dans un triste hôtel de Sept-Îles, ne se contenait plus. Aussi excité que ses passagers, le pilote s'en donnait à coeur joie, effectuant toutes sortes de pirouettes à 30 mètres du sol... Seul Austin Reid, un collègue biologiste, n'avait pas le coeur à la fête.

Les virages de plus en plus serrés au-dessus du lac lui avaient donné le tournis. Tous les hommes, sauf Austin, hurlaient de plaisir: «Regarde!... Regarde, encore, là-bas!... Ils sont plus de 10 000 sur le lac!» L'avion tournait dans un sens, tournait dans l'autre; les virages se succédaient à un rythme infernal, toujours plus près du point de décrochage. Pendant que tout le monde jubilait, le pauvre Austin, lui, hoquetait et remplissait son petit sac... Finalement, Pierre Desmeules crie:

— Tu pourras être malade n'importe quel autre jour, mais pas aujourd'hui, Austin! Ouvre les yeux, tu ne verras peut-être plus jamais de ta vie un spectacle pareil!

Des milliers et des milliers de caribous! De quoi t'arracher le souffle.

* * *

À cette époque, j'ai commencé à m'intéresser sérieusement à la géomorphologie, une science que j'avais étudiée à l'Université de la Colombie-Britannique dans le cadre du programme d'écologie. Les inventaires de gibier m'offraient la chance unique de m'exercer dans un laboratoire aux dimensions de la province entière. C'était l'occasion rêvée d'en apprendre minutieusement la topographie, d'en découvrir l'hydrographie et d'en évaluer les forêts.

Du haut des airs, l'histoire géologique d'un pays se lit comme un grand livre. J'ai compris, et cela est devenu passionnant, comment les Laurentides se sont fait raboter par les grands glaciers qui les ont rendues si douces; comment d'immenses pans de glace restés accrochés sur des affleurements rocheux à la fin de l'ère glaciaire se sont transformés en lacs et en tourbières; comment l'eau a modelé les niveaux du terrain, travaillé les gravats des vallées, etc.

Pourquoi, par exemple, certains lacs ont-ils des rives tout arrondies, des berges douces, des contours réguliers, et d'autres des pointes aiguës, des baies anguleuses, des rives dentelées ? Ce que mes professeurs m'avaient expliqué à l'aide de théories, je l'ai appris *de visu*. J'ai localisé sur ma carte une foule de structures que seul le vocabulaire spécialisé peut rendre dans toute sa complexité : eskers, drumlins, dépôts glaciaires, moraines, pals, gorges, failles, érosion glaciaire, pergélisol, polygones de toundra, deltas, terrasses, etc. Pendant les survols, tous ces termes me sont revenus en mémoire, chargés d'un sens nouveau, évoquant maintenant des images précises. Le paysage me racontait l'évolution et le trajet des glaciers d'il y a 40 000 ans. De cette lecture fascinante jaillissait toute la poésie de ma province, de mon pays, de la Terre, ma planète.

Un autre sujet qui a retenu mon attention, c'est la météorologie. Ainsi, une dépression née dans les Prairies ne présage pas du tout les mêmes conditions de vol qu'une dépression qui monte de la côte est américaine. Que signifient concrètement, pour la journée de demain, des cirrus ou des cumulo-nimbus dans le ciel ? Un front froid risque-t-il de gêner la visibilité ? Les animaux que nous cherchons à apercevoir sont-ils sensibles aux variations de la météo ? Se cacheront-ils en forêt ?

Ce sont les pilotes qui m'ont appris à tirer des conclusions pratiques de mes observations. En leur compagnie, j'avais le sentiment d'être encore sur les bancs de l'école. Mes professeurs n'étaient plus des savants mais des gens d'expérience. La différence, c'est que, sur le terrain, une erreur en matière de météo peut se traduire par une perte de temps considérable...

À l'occasion de mes premiers inventaires en avion, sources de tant de découvertes, je m'étais rendu compte qu'au fond, personne au Ministère, ni ailleurs, ne se souciait particulièrement de la faune nordique. Le gouvernement n'avait jamais investi dans l'aménagement à des distances si éloignées. Aussi est-ce presque à l'insu de mes patrons que j'ai choisi de concentrer mes efforts d'écologiste sur le Nord. Progressivement, délibérément, j'ai commencé à me charger de l'orignal, de l'ours noir, de l'ours polaire, du caribou, en même temps que des chasseurs, des pourvoiries, de la conservation, de la publicité, du tourisme et des rapports avec les autochtones. Dans tous ces champs d'action, j'allais acquérir une expérience qui m'aiderait, de loin ou de près, à mener à bien le projet de rapatriement des caribous.

Chapitre 6

J'observe

Depuis le début de cette exaltante entreprise, les caribous transportés dans le parc étaient sous observation presque constante. Peu après leur arrivée, j'avais remarqué qu'en entrant dans l'enclos pour attraper le dernier-né, que nous devions peser et marquer, mes hommes semaient la panique. Pour examiner la situation de près, j'allais m'asseoir dans une épinette, où je m'étais confectionné un siège rudimentaire. Comme les animaux ne portent pas le regard au-dessus de leur tête, je pouvais les observer sans être vu. Chaque caribou m'était familier et je pouvais déterminer d'un coup d'oeil qui était la fille ou le fils de qui.

À force de scruter le comportement de mes animaux, j'ai constaté que leurs mouvements apparemment désordonnés ne l'étaient en fait pas du tout. Ils se regroupaient d'une façon bien précise: la femelle adulte en avant, sa fille d'une semaine immédiatement derrière, puis sa fille d'un an suivie, en quatrième position, de sa fille de trois ans. L'ordre ne variait jamais. Les jeunes mâles, eux, ne gardaient leur place privilégiée, près de leur mère, que durant la première année de leur vie. Dès l'arrivée d'un nouveau rejeton, leur mère les chassait; ils allaient alors rejoindre les autres mâles.

À l'occasion, je faisais également des voyages dans le Nord pour étudier le troupeau dont nos géniteurs provenaient: sa structure sociale, ses déplacements, ses comportements particuliers. Dans le cas d'une espèce aux migrations très longues (son circuit annuel peut dépasser les 1000 kilomètres), il faut en effet voir évoluer l'ensemble du troupeau toute l'année durant, mais aussi à des moments bien précis.

Ces voyages furent le point de départ d'une aventure scientifique singulière. Quelle n'a pas été mon émotion quand j'ai reconnu dans le Grand Nord l'ordonnancement autour des femelles sur les aires de mise bas ! À cet instant, j'ai eu une intuition fondamentale : la « société » des caribous était un matriarcat ! Heureux comme un roi, je n'ai eu ensuite d'autre désir que de vérifier mon hypothèse. Et peu à peu, comme on ouvre des portes les unes à la suite des autres, j'ai compris.

Le caribou vit en système matriarcal, comme le mouton. Ce sont les vieilles femelles qui savent où se trouvent les pâturages, qui connaissent les routes de migration, les trajets à emprunter, ceux à éviter. Ce folklore du troupeau, elles le transmettent à leurs filles, leur apprenant les traits géographiques propres au pays. Une vieille femelle, dans ce contexte, n'est pas qu'un animal isolé. Dans un matriarcat, c'est le leader de la harde entière, qui rassemble toutes ses filles et petites-filles, mais aussi toutes les autres familles qui marchent dans ses traces.

Longtemps, beaucoup de questions sont restées sans réponse. Qu'advient-il des mâles dans un matriarcat ? Comment concilier les notions de harem et de matriarcat ? Comment se forme la harde, le troupeau ? L'observation sur le terrain, dans la toundra, allait tout me révéler.

Ma tête chercheuse était toujours au travail. Au cours d'une rencontre à Yellowknife, les biologistes du Service canadien de la faune m'ont donné une indication, anodine à première vue, qui m'a mis sur la bonne piste. Ils travaillaient sur le troupeau du Keewatin, au nord du Manitoba. Pour les besoins de leur projet, ils avaient tué, quelque temps auparavant, 42 des 45 mâles formant un groupe. À leur grande surprise, les 42 animaux abattus avaient exactement le même âge. Clic ! je venais de placer un morceau du casse-tête : les mâles du même âge se rassemblent.

Lorsque les femelles entrent dans l'aire de mise bas, elles chassent de leur entourage le mâle né l'année précédente, mais gardent auprès d'elles les jeunes femelles. J'avais décelé ce comportement dans l'enclos. Sur le terrain, j'ai appris la suite. Les petits mâles qui viennent de se faire congédier par leur mère sont tout désemparés. Comme leurs aînés mâles, déjà grands, se tiennent à distance du terrain de mise bas, les jeunes d'un an se regroupent instinctivement en classes de

« maternelle » (plus tard, je comprendrais mieux ce comportement). Dans l'enclos, nos animaux étaient soumis à une promiscuité anormale qui m'avait caché cette donnée; de plus, les mâles n'y étaient pas assez nombreux pour former des groupes à part.

L'enclos était néanmoins un lieu d'observation privilégié. Il s'y trouvait un jeune cabotin surnommé « le petit Beaumont ». Ce petit caribou répondait à notre appel et se laissait brosser pendant la mue. Plus beau que tous les autres grâce à nos soins, il se faisait tirer le portrait par tous les touristes de passage. Tout était possible avec lui. Excepté, l'été, de porter la main à son panache. Au premier geste de notre part, il s'enfuyait à l'autre bout de l'enclos et faisait la gueule. C'est que le panache est très sensible à cette saison de l'année.

À la fin de septembre, chez les mâles d'abord puis chez les femelles, le panache arrive à maturité, et le velours (une fourrure très courte) commence à tomber par grands lambeaux. Ensuite, il perd sa sensibilité, et les animaux le « touchent », c'est-à-dire le frottent aux arbres et arbustes pour le débarrasser du reste du velours. Ils le polissent pendant des jours entiers, des heures à la fois. Le spectacle des panaches rouge vif, qu'on dirait ensanglantés, a de quoi faire peur à un témoin non averti. Tous les ans, touristes et visiteurs s'amenaient en catastrophe nous annoncer que nos animaux s'étaient blessés !

Le premier automne, l'enclos abritait cinq mâles. Je m'interrogeais : comment traverseraient-ils la période du rut ? Le moment venu, grimpé dans mon arbre, j'ai observé.

Les caribous ont commencé par se défier dans des combats amicaux de *fencing* : comme des escrimeurs, les mâles s'affrontent de manière très protocolaire. Poliment, ils se font face, se regardent, baissent la tête, se rapprochent lentement, prennent contact avec leur panache, font quelques clics à droite, puis à gauche, sans aucune brusquerie. Puis ils reculent d'un pas, se toisent de nouveau et, souvent, passent à l'adversaire suivant. Dans ces joutes éliminatoires, chaque mâle a l'occasion de comparer son panache (qu'il ne voit pas) à celui des autres, déterminant ainsi son rang dans la chefferie des mâles qu'il bravera pendant le rut. Le *fencing* joue un rôle très important: il sert à éviter les batailles inutiles qui, autrement, s'achèveraient sur de nombreuses pertes de vie.

J'ai assisté un jour à une vraie bataille de chefs. Ce fut épouvantable; le perdant, coupable d'un seul faux pas, en est mort. Son adversaire lui avait fait, en une seconde, le coup de l'ouvre-boîte: les andouillers frontaux (en forme de pelles verticales au-dessus du museau) saisissent l'opposant au bas de la cage thoracique pendant que ceux des merrains[1], de chaque côté, la perforent au sommet des côtes. La mort survient en quelques minutes. Il faut avoir été témoin d'un combat pour comprendre que les andouillers frontaux ne servent pas à pelleter la neige, comme certains biologistes l'ont affirmé, mais bien à lancer une attaque pendant le combat des chefs.

Dans le grand enclos du lac Jacques-Cartier, où se trouvaient 33 animaux géniteurs venus du Nord, la hiérarchie

1 Tige centrale de la ramure, en forme d'arc de cercle.

entre les femelles était très bien établie, mais je ne pouvais déceler aucune priorité relative aux panaches. La leader en titre était une petite femelle qui portait un tout petit panache; la sous-chef n'avait pas de panache du tout. Chez les femelles, le panache n'a en fait qu'une fonction : identifier la porteuse.

Un autre enclos, dans le Nord, abritait six animaux, dont une femelle qui portait un petit panache aux andouillers pointus, relativement dangereux. Cette femelle, de plus, était très intolérante et n'arrêtait pas d'encorner ses voisins, les blessant ou leur arrachant des touffes de poils. Les cinq autres pensionnaires la fuyaient comme la peste, si bien que je décide de lui couper le panache – une opération de quelques minutes à peine. Elle n'est pas sitôt revenue dans l'enclos que ses congénères lui donnent la raclée ! Ils ne la reconnaissent pas sans sa ramure et la prennent pour une étrangère !

D'une année à l'autre, autant chez les mâles que chez les femelles, les panaches changent très peu de ligne. Les mâles arborent un panache de plus en plus majestueux avec les ans, mais celui-ci garde la même silhouette, défauts compris.

Un jour, juste avant la période du rut à l'automne, j'ai assisté à la rencontre de deux mâles, qui n'avaient pas pratiqué le *fencing*. Tous les animaux de l'enclos nº 1, au lac Turgeon, avaient été transportés dans l'enclos nº 2, près du lac Jacques-Cartier. Le chef de harem de l'enclos nº 1 n'avait pas survécu au transport, mais comme le déménagement s'était terminé le vendredi soir vers 18 heures, j'ai décidé d'attendre au lundi pour le remplacer. Un mâle adulte de l'enclos nº 3, voisin du nº 2, ferait très bien l'affaire. Mes hommes pouvaient donc rentrer chez eux pour la fin de semaine.

Mais voilà que, le samedi et le dimanche, dans l'enclos nº 2, un jeune mâle de deux ans, né en captivité au lac Turgeon, se prend sous mes yeux pour le maître du harem ! Aucun adulte ne l'a affronté depuis la mort de son grand chef. Personnellement, je ne crois guère à ses chances de réussite – il est beaucoup trop jeune – mais rien ne semble refroidir ses ardeurs. Le lundi matin, à l'arrivée de mes hommes, j'injecte du paralysant dans la fesse d'un très beau mâle de l'enclos n° 3 et, trente secondes plus tard, le voilà transféré. C'est lui qui officiera auprès des femelles cet automne.

Un peu étourdi, le grand mâle reste d'abord immobile. Le jeune, de son côté, se croit toujours chef de harem. Toutes les deux ou trois minutes, il s'approche du nouveau venu. Avec beaucoup d'ostentation, il parade devant lui, promenant son panache sous ses yeux. Puis, il part à la course regrouper son harem, renifle ses femelles avec décorum et revient faire étalage de son autorité devant le grand caribou. Après un quart d'heure de ce manège, celui-ci reprend ses esprits... et n'en croit pas ses yeux. S'étant mesuré à quatre autres grands mâles dans l'enclos n° 3 pendant le *fencing*, il n'ignore pas que trône sur sa tête un panache magnifique. Que vient faire ce jeune freluquet avec son petit bouquet ? Après cinq ou six passes du cadet, le grand mâle se lève, fait un pas, un seul, devant le jeune écervelé, et baisse la tête. Le petit, qui n'a rien perdu de son assurance, en fait autant. Ils avancent chacun d'un pas, les panaches se touchent, s'empoignent en deux ou trois oscillations. Le grand mâle fait une brève pause comme pour dire: « Es-tu bien sûr de vouloir savoir ? » et vlan ! Une explosion d'énergie, un vacarme du tonnerre, un fouillis de pattes, de poils qui volent dans tous les sens, et le jeune se ramasse cul par-dessus tête. Il se relève comme il peut et détale sans demander son reste.

Assis sur la clôture, nous étions morts de rire, mes techniciens et moi. Nous avons d'ailleurs ri longtemps parce qu'à partir de ce jour, chaque fois que le petit mâle rencontrait le grand, il détournait la tête pour cacher son identité ou bien se découvrait des tâches urgentes à l'autre bout de l'enclos. Tout pour passer inaperçu du grand maître d'armes. Voilà à quoi sert le *fencing* !

Tous les événements marquants de la vie en captivité étaient enregistrés dans le « journal de l'enclos » : naissances, poids des nouveau-nés, dates de chute des panaches à l'automne, etc. Les mâles, avons-nous constaté, perdaient leur panache plus tôt d'une année à l'autre. Ainsi, par petites touches successives, j'étais en train de peindre un tableau de plus en plus complet de la société des caribous.

Parmi tous les secrets que j'ai tâché d'élucider se trouve celui du craquement des pas, si caractéristique de l'espèce. Avec le temps, j'ai conçu une hypothèse sur l'origine de ce craquement, qui n'est en accord avec aucun des écrits publiés sur le sujet.

Il faut avoir vu sur l'horizon d'un lac gelé traverser des milliers de caribous à la queue leu leu pour le croire : quand l'animal de tête s'arrête, tous les autres s'arrêtent en même temps que lui, comme un train. Quand ils se remettent en branle, idem, ils démarrent en bloc. J'étais bien intrigué : comment expliquer l'absence totale d'accrochages dans le troupeau ?

Je m'étais rendu compte qu'il suffisait de susciter un petit mouvement de panique à une extrémité de l'enclos pour provoquer une réaction instantanée à l'autre bout. À force d'observations, j'en suis venu à la conclusion que les animaux se synchronisent par le craquement de leurs pas. Tant que le rythme de ce craquement est normal et calme, tout va bien. Mais dès qu'un caribou s'énerve, cric-crac-cric-crac-cric-crac, le rythme change et toute la troupe s'affole.

Que se passe-t-il quand on fait craquer ses doigts? On force les deux parties de l'articulation, qui baignent dans le liquide synovial (un lubrifiant), à se séparer. Le crac si familier est le bruit de succion que fait ce liquide au moment où il pénètre dans le petit espace qui s'est ouvert entre les deux parties de l'articulation.

La différence entre le liquide synovial des caribous et le nôtre, ou celui d'autres grands mammifères comme le cheval, c'est qu'il n'est pas aussi épais. S'il l'était, l'animal perdrait toute mobilité dans le froid. De la même façon qu'il est difficile de fermer la main quand on a « la bibitte aux doigts ».

Les vieux de Baie-Saint-Paul savaient que l'huile de pied de boeuf, utilisée pour graisser les bottes, figeait moins vite que tout autre gras. Non seulement le liquide synovial, mais aussi le gras des pattes chez plusieurs animaux, ont un point de fusion inférieur à celui des autres gras du corps.

En ouvrant des pattes de caribou, j'ai trouvé dans les articulations un lubrifiant aussi clair que de l'eau. Tellement liquide, en fait, qu'il est expulsé en périphérie lorsque les deux parties de l'articulation se rejoignent. À l'inverse, quand l'animal pèse de tout son poids sur une patte pour faire un pas, l'articulation a tendance à s'ouvrir et le liquide y reflue aussitôt. D'où ma conviction que c'est l'articulation qui craque, et non pas le tendon, comme toute la littérature experte le laisse supposer. Quant à ceux qui croient que le craquement des pas dans le troupeau est dû aux sabots qui s'entrechoquent, ils sont encore plus loin de la vérité. Certains prétendent même que le bruit est causé par des gaz en solution qui se distendent!

* * *

Pour 39 jeunes caribous, l'heure de la libération approchait. Les heureux élus, des animaux nés en captivité, vivaient en enclos isolé, sans leurs géniteurs, depuis au moins douze mois. Pendant ce temps, nous avions fait la chasse aux loups qui hantaient les Grands Jardins. Les animaux récemment libérés auraient du mal, craignions-nous, à résister à la pression d'une meute. Bien entendu, les loups regagneraient tôt ou tard le territoire mais, après une période d'acclimation à leur nouvelle adresse, les jeunes caribous seraient prêts à leur faire face ou à leur faire manger de la poudrerie.

À la fin de septembre, tout est prêt pour le grand coup d'envoi. Les animaux, le panache poli, attendent dans l'enclos n° 3. Par une belle journée, en présence du ministre, du sous-ministre, de journalistes et des présidents de toutes les associations de chasse et pêche des communautés adjacentes, nous les invitons à franchir la porte qui s'ouvre sur le parc des Laurentides. Ils seraient les premiers à y vivre en liberté depuis plus de 70 ans.

Mais la troupe n'est pas sortie de l'enclos en gambadant, loin de là ! Il a fallu convaincre nos chouchous. Comme je l'avais expliqué à nos visiteurs, il faudrait leurrer la principale femelle à l'extérieur. À peine sortie, elle a relevé la tête et la queue, et a esquissé des petits pas de danse, ses articulations produisant un rythme de craquement distinctif. Le message a créé tout un branle-bas parmi ses congénères : ils se sont mis à courir en rond comme des fous, dans le sens des aiguilles de la montre. Puis la leader est revenue dans l'enclos. Il faut croire qu'elle s'est expliquée avec la harde car le calme est revenu. Après plusieurs minutes, pas à pas, très lentement, curieux et précautionneux, nos animaux ont commencé à quitter l'enclos. Et, petit à petit, ils se sont éloignés dans les pessières environnantes...

Chapitre 7

Et la lumière fut!

Un jour, un administrateur du Ministère entre dans mon bureau:

— Eh, docteur Simard le défonceur de budgets, j'ai une question à vous poser. Il me reste quelques milliers de dollars à dépenser en photographie aérienne. Pouvez-vous en faire quelque chose?

— Michel, tu tombes pile. (Je m'étire le bras comme pour atteindre un tiroir imaginaire.) Voici le dossier d'un projet secret: je veux faire photographier un troupeau de caribous dans le Grand Nord, ce qui coûterait justement plusieurs milliers de dollars.

C'était vrai. Je souhaitais déterminer la structure exacte d'un certain troupeau de caribous dans son aire d'hivernage, et ce travail exigeait de la photo aérienne verticale.

— D'accord, répond mon collègue, mais il me faut la facture dans une semaine.

— Entendu, pas de problème.

Je revenais tout juste d'une tournée d'inventaire, je savais exactement où se situait le troupeau et je savais que la compagnie Aérophotos pouvait se charger du travail dans les prochains jours. Si le temps ne nous jouait pas de vilains tours, l'affaire était dans le sac.

Peu après, les photos me parvenaient, excellentes. Leur recoupement de 50 % procurait une image en stéréoscopie. L'été suivant, grâce au travail de deux étudiantes au laboratoire, le portrait, en relief, d'un troupeau complet en pleine migration se révélait à nos yeux. Nous pouvions dénombrer les animaux, situer chaque individu et le mesurer (à la longueur de son ombre), ce qui permettait d'identifier mâles, femelles et veaux ! Les photos offraient une vue parfaite, un instantané d'un troupeau de 30 000 têtes. Exactement ce dont j'avais besoin pour continuer de coller ensemble les morceaux de mon passionnant casse-tête.

Les photos aériennes étaient toujours un précieux outil de travail. Lors d'un inventaire routinier en hiver, par exemple, j'aperçois sur un lac une piste de caribou qui, chose bizarre, ne dessine pas une ligne droite. Vers le milieu du lac, la piste vire d'environ 90 degrés vers l'est. Je n'avais jamais vu pareil tracé dans la neige. Je prends une photo. L'année suivante, en traversant le même secteur, je vois les traces d'un troupeau qui font un angle droit dans la piste de migration. « Regardez donc, les gars : une *trail* de caribou qui vire en plein milieu d'un lac ! » Je prends une autre photo. Quelque temps plus tard, je me demande comment il se fait que je possède deux photos de la même piste. Je les examine, vérifie les dates : à un an d'intervalle, le troupeau avait repris exactement la même route ! Cela ne pouvait signifier qu'une chose : à un endroit précis que connaissaient les leaders, le troupeau avait changé de direction. Bonjour, on s'en va par là ! Je n'en doutais plus désormais : il existait dans le troupeau un bagage sûr de connaissances, et ces connaissances se transmettaient.

* * *

Pour bien comprendre la société des caribous, il est utile de les suivre pendant leurs migrations – vers le sud et les zones de broutage pendant l'hiver, vers le nord et les aires de mise bas au printemps – mais aussi l'été et, finalement, au début de l'automne, quand ils tiennent leur grand rassemblement annuel avant la période de rut.

* * *

Reprenons le cycle. En décembre et janvier, saison de sa plus grande cohésion, le troupeau compte 10 000, 20 000, 30 000 têtes ou même davantage. Du haut des airs, on y repère des groupes distincts, au comportement particulier. Certains sont formés exclusivement de grands mâles sans panache. Ces vieux mâles ont perdu les premiers leur panache, peu après la période de rut. Comme les mâles sans panache sont des êtres sans statut social, ils ont été bannis par leurs semblables et se sont réunis en périphérie du grand troupeau. Devant leur longue face triste, nous les avions baptisés « les penauds ».

D'autres groupes, beaucoup plus nombreux et hétérogènes, sont composés de petits, de femelles et de jeunes mâles, tous reconnaissables à leur taille et à la grosseur de leur panache. (En passant, le caribou est la seule espèce de cervidés où la femelle, en proportion de 60 % environ, porte une ramure.)

C'est à l'arrivée en bordure des aires de mise bas, au printemps, que la ségrégation sexuelle est le plus prononcée. Elle durera jusqu'à la fin de l'été. Les mâles préfèrent en effet rester sur les hauteurs, où le vent souffle et où les mouches se font moins harassantes, car leur panache en croissance depuis avril devient une cible de plus en plus facile pour les moustiques.

Le panache d'un gros mâle est une structure impressionnante. Sa formation exige une quantité énorme de calcium, lequel est transporté par une multitude de vaisseaux sanguins. À cette période, le panache, à la peau mince intensément irriguée, est une importante source d'approvisionnement pour tous les insectes piqueurs du Nord. C'est là qu'ils « font le plein » de sang.

L'été, les vieux de la Côte-Nord appelaient les caribous mâles « les sourds ».

Ils n'avaient pas tort. Durant la saison chaude, les petites mouches noires sont tellement abondantes qu'elles s'empilent sur les bons morceaux de chair, comme le canal externe de l'oreille, dont la peau fine saigne facilement. Elles font la queue pour s'abreuver, formant un bouchon grouillant et assourdissant. Nous nous sommes rendu compte qu'un caribou, debout sur une petite île au milieu d'un lac, perçoit le bruit d'un avion à deux ou trois mètres de distance seulement!

Un jour, des collègues et moi décollions de Schefferville en direction sud. Sur la rive ouest du lac Meniek, j'aperçois une colonne de fumée. Je demande à mon pilote de s'approcher. La colonne, ni blanche ni noire, est d'un gris suspect. Finalement l'image se précise: nous avions affaire à une bande de 5000 à 6000 caribous harcelés par les mouches. Ils couraient ventre à terre pour empoussiérer les insectes.

À la fin du mois d'août, les animaux dispersés dans les montagnes et sur les plateaux environnants s'animent d'une nouvelle fièvre. C'est le début du grand regroupement annuel. Suivront, successivement, la période de rut, la formation des harems, celle des hardes et, finalement, le départ de la migration, point culminant de cette intense période de transition.

Pour observer ces mouvements tout à loisir, je me suis installé plusieurs années de suite sur la rive ouest du lac de la Hutte Sauvage, au bord de la rivière George (ce grand cours d'eau, qui se déverse dans la baie d'Ungava et l'océan Arctique, mériterait bien l'appellation de fleuve). Mon site sur la George était idéal : petit hors-bord et canot pneumatique aidant, je pouvais me déplacer sur une cinquantaine de kilomètres vers le nord ou le sud.

De l'autre côté de la rivière s'étend une grande vallée qui rejoint les sommets des monts Torngat, à la frontière du Québec et du Labrador. Beaucoup de caribous terminent leur période d'estivation dans cet immense pâturage. À l'entrée de la vallée, juste en face de mon camp, j'avais trouvé un point d'observation merveilleux. Tous les matins, beau temps mauvais temps, je traversais la George et j'allais m'asseoir au sommet de ma colline pour observer. Pendant des jours et des jours, à travers la lentille de mon télescope, j'ai regardé les femelles caribous réaffirmer leur leadership après la grande dispersion de l'été. J'ai vu, enfin! comment se forment les classes de mâles, les harems[1], et surtout les hardes[2] qui constituent les unités du troupeau durant la migration.

D'abord j'ai noté des faits épars. J'ai remarqué qu'une famille de six membres exerce de l'attraction sur une famille moins nombreuse. J'ai observé le polissage des panaches qui précède la période de rut. Installé sur ma butte comme un voyeur, j'assistais à de très vieux rituels de l'espèce, jusque-là restés méconnus. J'ai vu les classes de mâles procéder au *fencing*, puis se désintégrer. J'ai compris que le chef de harem ne choisit pas ses femelles ni les familles qu'il regroupe, et que les premiers mouvements de l'automne visent d'abord le regroupement du troupeau. Qu'à ce stade, l'instinct de rassemblement est plus puissant que celui du rut.

J'ai vu un troupeau de 60 000 têtes balayer une zone, c'est-à-dire passer et

---

1 Groupe d'une vingtaine d'animaux.

2 Un à dix harems.

repasser au même endroit pour « absorber » dans ses rangs tous les individus de la région. J'ai vu des colonnes de caribous traverser la rivière à la nage devant mon camp, des colonnes tellement denses que j'aurais pu franchir la rivière dans l'autre sens sans me mouiller, en sautant d'un dos de caribou à l'autre ! On aurait dit un tapis mouvant. Tassé au-delà de tout bon sens. J'ai saisi que le regroupement s'opère d'abord grâce au sens de la vue, que l'odorat y joue un rôle secondaire. Tous ces comportements auraient pu garder leurs secrets mais, grâce aux animaux de l'enclos, si patiemment observés, j'avais en main tous les outils nécessaires pour en déchiffrer le sens.

* * *

À mon retour à Québec, l'année où j'ai crié Eurêka ! – le dernier morceau du casse-tête venait d'être mis en place –, un professeur de l'Université Laval me demande de donner aux étudiants, avec deux autres chercheurs, un cours d'une demi-journée. Encore tout excité de mon expérience du Grand Nord, je me présente le premier devant la classe. À la fin de l'heure qui m'est allouée, le deuxième chercheur a tellement apprécié mon exposé qu'il m'offre sa période pour me permettre de continuer. Une heure plus tard, le troisième en fait autant! J'étais, je l'avoue, en état de véritable euphorie intellectuelle. Je rentrais d'un voyage qui marquait une étape importante dans mon projet. J'avais percé certains des plus épais mystères entourant le caribou : environnement, comportements, parasites, structure sociale, etc. J'exultais de plaisir. « Tu es fou! se sont écriés mes collègues quand j'eus terminé. Tu dansais devant les étudiants! »

J'ai expliqué à mon jeune auditoire, notamment, comment opère l'instinct de rassemblement du caribou. Plus un groupe est grand, plus il exerce d'attraction sur un groupe plus petit. Cette règle gouverne aussi bien le regroupement des familles et des hardes que celui des grands troupeaux. Elle explique probablement le fait que les trois grands troupeaux que j'ai connus se sont fusionnés depuis en un seul, gigantesque, qui réunirait maintenant près de un million de têtes.

L'hypothèse que j'étais si heureux d'avoir vérifiée tient toujours: une femelle suivie de ses filles et petites-filles en est une qui, bien sûr, a eu la chance de mettre au monde des femelles, mais surtout qui a réussi à les allaiter et à les garder en vie. Elle connaît donc les bons pâturages, les bonnes routes de migration, les bons gués. Quand les loups la prennent en chasse, elle ne traîne jamais derrière. Déjà chef de sa propre progéniture, elle deviendra celui du groupe de familles qui s'accrochera à elle et, finalement, elle mènera la harde, puis le troupeau. Voilà pourquoi, durant la période des plus grands périls, depuis le rut jusqu'à la mise bas, ce sont les vieilles femelles qui le conduisent.

Devant mon public captivé, j'ai enchaîné en décrivant le rôle et le comportement des mâles : « À la fin d'août, les mâles commencent à courir après tout ce qui bouge. Rassemblés en groupes du même âge, ils ont brouté tout l'été et sont bien gras. Au début de septembre, ils "touchent" leur panache pour en détacher le velours. La ramure finit par épouser la couleur de la sève de l'arbre sur lequel elle est polie : elle virera au beau jaune marron au contact du bouleau, au brun roux si elle est polie sur des aulnes, au gris si l'animal l'a frottée sur une épinette, etc. (Les Montagnais ont une expression particulière – *uskau piishum* – pour cette étape.)

« Après la toilette de leur panache et le *fencing*, les combats deviennent de plus en plus virils à mesure qu'avance l'automne. Pendant le rut, ils sont très violents. La mise à mort n'est jamais automatique cependant. Les mâles victorieux, qui seront chef de harem, essaient ensuite de s'approprier des groupes de femelles. La tâche est loin d'être facile : les femelles les évitent, se dispersent dans toutes les directions, ou bien elles sont déjà sous l'emprise d'autres prétendants et ne veulent pas se soumettre à l'autorité du nouveau mâle qui se trémousse à leurs côtés, etc. Bref, les chefs n'ont pas un instant de repos. Leur harem n'est pas aussitôt formé qu'il menace de se désintégrer.

« La période du rut à proprement parler est plus épuisante encore pour le mâle dominant. Il doit renifler toutes ses femelles, chacune à son tour, pour déterminer laquelle sera en chaleur la première, la surveiller tout en empêchant les autres de s'échapper, chasser les autres soupirants qui ont osé poser le bout de l'onglon à l'intérieur du cercle imaginaire qu'il a tracé alentour de son harem... Dès que sa femelle est prête, il la monte. À ce signal, tous les mâles du voisinage se lancent à l'assaut du harem. Ils se ruent sur toutes les femelles, prêts à monter n'importe quelle partie de leur anatomie. Tout ce qui remue les excite. Entre-temps, le harem s'est évidemment dispersé. Le chef est à peine descendu de sa femelle qu'il doit repartir ventre à terre éloigner les intrus, regrouper ses femelles, vérifier l'état d'oestrus de chacune, chasser les autres mâles, re-renifler ses femelles une à une, éconduire un autre prétendant, monter la suivante. Ouf ! il en oublie de manger !

« Après ses 15 jours de " règne ", le premier chef de harem (un mâle de neuf ans) est épuisé, amaigri, vidé. Il ne lui reste que les quatre poteaux et la couverture. Un mâle de huit ans, en pleine forme et gras comme un voleur, finit par le chasser. Déchu, piteux, à bout de forces, il va se joindre à d'autres grands mâles en périphérie du troupeau. Ses compagnons et lui seront les premiers à perdre leur panache, à la fin de décembre. Les deuxièmes chefs de harem, après leur quinzaine de régence au même régime, serviront quelques femelles mais seront à leur tour détrônés et suivront le chemin de leurs prédécesseurs : chassés par d'autres mâles, encore plus jeunes, ils aboutiront à la lisière du troupeau où ils perdront leur panache au début de janvier.

« Le processus se poursuit pendant plusieurs semaines. Les mâles de sept ans, six ans, cinq ans, quatre ans, trois ans et deux ans perdront leur panache respectivement à la fin de janvier, au début de février, à la fin de février, au début de mars, à la fin de mars et en avril. Quant aux petits mâles d'un an, on s'en souviendra, ils sont "à la maternelle", à la limite de l'aire de mise bas[1].

« Les caribous de neuf et huit ans sont les seuls qui peuvent prétendre à une paternité certaine. Chez les autres, le manège autour des femelles s'apparente à un jeu d'apprentissage. Un jeu d'importance capitale, cependant, dont dépendent la sélection des meilleurs mâles et la compétence future des cadets.

---

[1] Tout cela donne à comprendre pourquoi les mâles forment des CLASSES d'individus du même âge, alors que les femelles composent des HARDES, c'est-à-dire des unités familiales.

« Les caribous perdent plus de 50 kilos pendant la saison des amours. Il faut voir l'état du foie d'un animal en plein rut pour mesurer le degré de son épuisement. Un jour, j'en ai montré un à un médecin pathologiste. Il en a fait des coupes histologiques, puis les a fait étudier par d'autres pathologistes sans leur révéler l'origine du "patient". Le diagnostic fut unanime: c'était là, crurent-ils, le foie d'un alcoolique au stade le plus avancé de la maladie... Chez les mâles cervidés, il s'agit plutôt d'une cirrhose de transition. De rouge, le foie est devenu marron, et l'animal ne subsiste que grâce aux gras qu'il a emmagasinés.

« Voilà pour le calendrier régulier. Dans l'enclos, toutefois, une femelle que nous avions attrapée dans le Nord a donné naissance à son veau au beau milieu de l'été. Elle avait donc été couverte à la fin de décembre seulement, bien après la saison normale du rut. Vu sa date de conception, nous avons appelé le nouveau-né Noëlla. La petite femelle n'avait pas fini de faire parler d'elle. Une journée après sa naissance, Noëlla s'est jetée dans le lac derrière sa mère. Ses jeunes forces ne lui permettant pas encore de nager, elle s'est noyée. Charles Pichette, ingénieur forestier employé au Service de la faune, s'est précipité dans l'eau, l'a attrapée et l'a ranimée. La nature n'est jamais charitable à ce point. Aussi, pour bien nous souvenir de ce petit animal, nous l'avons rebaptisée Charlotte. »

Chapitre 8

Mes hommes

Tous les membres de mon équipe étaient des hommes triés sur le volet, pour qui la vie dans le bois n'avait pas de secrets. Ensemble nous avons affronté le danger, nous avons eu froid, nous avons ri. Les années que j'ai passées en leur compagnie comptent parmi les plus belles de ma vie.

Nous formions un groupe du tonnerre: dans le Nord, Aldée Beaumont l'oeil de lynx, Paul Beauchemin l'expert des bois, Albert Gagnon le redoutable, Pierre Laliberté le très attentif, Didier LeHenaff la boule d'énergie; dans le parc à préparer l'arrivée de nos bêtes, Élie Bolduc le maître respecté, et Clément Gauthier l'indispensable.

Didier était le Français de mon équipe. J'ignore comment ce garçon a « retonti » au Service de la faune; fraîchement débarqué d'Afrique, il ne connaissait strictement rien à la faune du Québec. Non seulement il ne savait pas marcher à raquettes, il n'en avait même jamais vu de sa vie, je crois! Rond comme une boule, Didier avait fait son service militaire en Algérie et au Tchad, et avait acquis une formation professionnelle en ponts et chaussées. Débrouillard, discipliné, têtu comme un vrai Breton, Didier a vite fait d'apprendre tout ce qu'il faut savoir pour survivre dans un climat arctique et s'est rapidement intégré à l'équipe.

Albert, père de huit enfants, avait passé 18 ans dans l'armée canadienne. Champion de boxe dans la catégorie poids coq, il avait combattu durant la guerre de Corée. C'était un petit bout d'homme bondissant d'énergie, qui gueulait tout le temps. Son patois – *Tabarslac!* – trahissait partout sa présence. D'université, il n'avait jamais été question dans sa vie, mais son séjour dans l'armée lui avait enseigné ce qu'était un ordre.

Toutes mes demandes, tous mes souhaits étaient pour lui des commandements. S'il passait un caribou lancé à 30 km/h, je n'avais qu'à dire: « Albert, attrape-le! » et Albert partait à la course. Un soldat ne discute pas les ordres. Mon technicien savait pertinemment qu'il n'avait aucune chance, mais qu'importe, un ordre est un ordre!

Cet ancien militaire était de loin le plus en forme de nous tous. Un jour, dans le parc des Laurentides, je lui demande de nous organiser un programme de culture physique pour nous durcir les muscles. « Oui, monsieur! » répond-il.

Mon homme prend la chose très au sérieux. À partir de maintenant, tous les matins, comme dans l'armée, il faut se lever au son de la voix éraillée d'Albert, sortir dehors quels que soient le temps ou la concentration de moustiques, faire nos exercices à la cadence des injonctions impérieuses de notre coéquipier et, pour finir, se jeter dans l'eau glaciale du lac Jacques-Cartier. Inutile de préciser que cette innovation ne s'est pas avérée très populaire au sein de mon personnel. Les grognements n'ont pas tardé à s'élever dans les rangs. Mais, comme l'idée était de moi, c'était à moi qu'il revenait de déprogrammer Albert. Pas évident...

Dans l'armée, en effet, plus on se plaint, plus les commandements sont sévères. Mes appels à la clémence ne trouvant pas d'écho chez notre maître de culture physique, l'équipe s'est libérée elle-même de son joug: par un matin glacial, en arrivant sur le terrain, Albert se fait empoigner par ses «élèves» et balancer dans le lac!

Il reste que dans les moments critiques, dangereux, où j'avais besoin d'un assistant aux réflexes puissants et rapides, c'est Albert que je voulais trouver à mes côtés.

* * *

À la faveur des expéditions dans le nord, il s'est forgé entre les hommes des rapports d'amitié et d'entraide exceptionnels. Aucun travail de bureau n'aurait pu cimenter ainsi nos liens, car ils étaient nés de l'épreuve.

Un hiver, notre équipe avait attrapé 28 caribous d'un seul coup de filet. De quoi charger au complet le DC-3. Nous rentrions au camp joyeux et le pas léger.

Comme le groupe était plus nombreux que d'habitude cette saison-là, nous ne pouvions pas manger tous ensemble à la même tablée. Je me tenais un peu à l'écart, attendant mon tour, lorsqu'Albert accourt: « Paul s'est étouffé avec un os de steak! Viens vite! » À voir la mine d'Albert, je comprends que notre compagnon est en danger.

En fait, Paul est à la dernière extrémité. La bouche ouverte, il est incapable de respirer. (Quand on s'étouffe, le réflexe de l'épiglotte est de se refermer sur la trachée. L'air ne passe plus.) Une seconde, je revois le visage d'un camarade mort sous mes yeux au collège, mort étouffé par une bouchée de steak...

Je sors le canif que je garde toujours sur moi. Il coupe comme un bistouri. Je regarde Paul dans les yeux. Une foule de pensées me traversent l'esprit. Je sais comment pratiquer une trachéotomie sur un cheval, mais de là à ouvrir la gorge de mon copain à froid...

Je décide de tenter l'impossible. À Didier qui vient d'arriver en avion, je crie: « N'éteins pas le moteur! » À Paul: « Mets-toi à quatre pattes. » Les jambes de chaque côté de son thorax, et le canif à la main, je pose mes mains sur ses côtes. J'attends qu'il cesse de tenter d'inspirer ou d'expirer. À l'instant où je sens ses muscles intercostaux se détendre, je lui applique un ciseau de corps de toute ma force. C'était celle du désespoir. Si j'échouais, il ne me resterait plus qu'une chose à faire: retourner Paul sur le dos et pratiquer un trou dans sa trachée. Par bonheur, la pression a entraîné une bouffée d'air suffisante pour pousser l'épiglotte, et le réflexe de déglutition s'est réenclenché. Paul a pris une grande inspiration et s'est évanoui. Il était moins une, pour ce père de cinq enfants...

« Didier, tu peux arrêter les moteurs. »

Paul, Didier et moi dormions dans la même tente cette année-là. Toute la nuit, j'ai écouté mon compagnon respirer. Ses ronflements ne m'incommodaient pas, c'était de la musique! Par la suite, chaque fois qu'il mangeait du steak, Paul repensait à cette funeste nuit. Chaque fois que je coupe le steak de mes petits-enfants, j'y pense aussi.

* * *

Inévitablement, il survenait à l'occasion des conflits entre mes hommes. Tous n'avaient pas la même formation, ni les mêmes goûts. De plus, comme on sait, les différences culturelles attisent souvent les préjugés. Quand, par exemple, Didier criait à Aldée d'apporter le câble du treuil ou de tirer l'étrangleur, Aldée ne comprenait pas. À l'époque, on disait encore la *winch* et le *choke*. Il avait bien envie de rétorquer: « De quoi tu parles, maudit Français? »

Entre hommes isolés dans des conditions difficiles, des vétilles comme celles-là peuvent déclencher des drames; à titre de chef d'équipe, je m'attachais à prévenir les explosions. Je faisais très attention, entre autres choses, aux apparences de privilège: si l'un de mes techniciens accaparait mon attention, je ne devais pas avoir l'air de négliger les autres! Et puis, il y avait les discrets, comme Aldée, qui ne parlent pas beaucoup et qu'il ne faut pas oublier pour autant. Le soir au souper, je prenais le pouls du groupe: dans le rire de chacun, je devinais son état d'âme. C'était un jeu délicat, mais un jeu que j'adorais parce que j'aimais mes hommes.

Je m'exerçais toute l'année durant à mon rôle de chef mais l'épreuve première, c'était l'expédition dans le Grand Nord, les cinq ou six semaines passées sous la tente en plein hiver, les uns sur les autres, à des températures qui descendaient sous les -45° C. Mes techniciens avaient « du sapin dans le sang », comme ils disaient, mais cela n'empêchait pas les tempéraments de s'échauffer. Il leur arrivait aussi de trouver le temps long sans leur femme. À moi aussi, mais je ne pouvais pas me permettre de le laisser deviner.

Les femmes, de leur côté, se languissaient de leur mari. De connivence avec la mienne, Louise (« ma bourgeoise »), je leur faisais transmettre des nouvelles. Plus ou moins authentiques il est vrai, mais fort appréciées quand même... Le hic, c'est qu'il était impossible d'envoyer des messages radio à partir du sol, à cause de la barrière des montagnes. Il fallait le faire en vol. « Surveille chaque jour la météo à la télé, avais-je dit à Louise à mon départ de Québec. Toutes les semaines, à moins qu'on ne puisse pas décoller, je vais communiquer des airs avec notre base, et l'aiguilleur te transmettra le message. Tu pourras broder des nouvelles pour les autres. » À Schefferville ou à Sept-Îles, l'aiguilleur appelait Louise de ma part et lui disait trois mots : « Tout va bien. » Louise téléphonait ensuite aux autres épouses, tour à tour, en élaborant : « Oui, il a fait très beau hier, ils ont travaillé très fort. Albert fait dire qu'il pense à toi. » Ou encore : « Il a fait mauvais pendant trois jours, mais ils ont enfin réussi à décoller. Pas de problèmes. Paul te fait dire bonjour. » Le mari faisait sans doute dire plein d'autres choses à sa femme, des choses que je ne saurais rapporter... Combien ces épouses se sont montrées reconnaissantes à Louise pour ces nouvelles obtenues du lointain Grand Nord !

En l'absence de nos femmes, j'avais donc fort à faire pour entretenir l'esprit d'équipe. On ne garde pas impunément une *gang* d'hommes enfermés dans des tentes... Quand le temps était trop mauvais pour voler, je m'arrangeais pour tenir mon monde occupé dehors toute la journée. De mon grand coffre, je tirais des fusils, des pièges, des hameçons, des cordes, des lignes à pêche, etc. À l'un je donnais un petit 410 en lui demandant de ne rapporter au camp que des perdrix blanches. Rien d'autre ! À son camarade, je demandais des porcs-épics, au troisième des lièvres. Un tel irait percer des trous sur la glace du lac pour la pêche, assez loin pour ne pas répandre de dangereuse gadoue sur l'aire de décollage. Un autre irait tendre une ligne de piégeage le long de la rivière en s'assurant qu'elle soit visible pour le copain qui la visiterait le lendemain. Tous les matins à 8 heures, quelle que soit la couleur du ciel, chacun partait pour la journée, un petit lunch dans sa poche. Nous vidions le camp. Défendu de revenir avant 17 heures.

Le soir, tout le monde avait une histoire à raconter : un exploit personnel, les entourloupettes des lièvres, les allées et venues d'un animal à fourrure. « Pour tuer un lagopède, affirmait Albert, tu suis les pistes tant qu'il y en a. Après, tu tires à l'aveuglette, t'es sûr d'en avoir un ! » Les histoires, de plus en plus farfelues, déclenchaient des rires intarissables. Le plaisir de ces soirées nous faisait presque souhaiter le mauvais temps ! Bien entendu, le bon gibier se retrouvait dans nos assiettes le lendemain. Et rien n'était gaspillé: Paul, notre taxidermiste, gardait les peaux pour ses montages. Ma solution des excursions individuelles fonctionnait à merveille. Personne ne se crêpait le chignon.

Dès le premier hiver, j'avais mesuré l'importance de prévenir le désoeuvrement dans l'équipe.

Il y avait déjà trois semaines que nous étions sous la tente. Nous avions capturé nos caribous. Un soir, une terrible tempête fond sur le camp. Nos deux avions, un Cessna et un Dornier, sont menacés. Vite, nous sortons les attacher après les motoneiges pour empêcher le vent de les emporter. Ensuite, nous fixons les volets, les gouvernails, les ailerons de profondeur, les bloqueurs, bref tout ce qui risque d'être abîmé. Toutes les heures, quelqu'un se lève pour vérifier si toutes les amarres tiennent. Malgré toutes ces précautions, nous découvrons au matin que les gouvernails de nos deux appareils n'ont pas résisté à la tourmente. Dans le cas du Cessna, ce n'est pas très grave; les câbles de conduite se sont dégagés des poulies, mais nous pouvons les remettre en place. En revanche, le gouvernail du Dornier est hors d'usage. Il faut aller à Sept-Îles pour le remplacer. Dès que le temps le permet, je pars en Cessna.

En rentrant au camp trois jours après, je sens qu'un nuage plane sur le groupe. Pour une raison que j'ignore, l'atmosphère s'est gâtée.

Le lendemain matin, il fait beau. Nous partons marquer des caribous au lac Marshall. Mais tout va de travers. Étrangement, mes hommes ont perdu tout leur savoir-faire. Je ne comprends pas ! Ils ont pourtant eu bien le temps de se reposer depuis notre dernière sortie ! Devant l'impossibilité de les mettre au travail, je décide de ramasser le matériel et de rentrer.

Plus tard, j'ai appris que les gars avaient joué aux cartes. Les pilotes s'adonnent volontiers aux cartes, et misent parfois gros. Pendant mon absence, certains de mes techniciens avaient perdu de fortes sommes et leur moral en avait pris un coup. L'esprit d'équipe aussi. À partir de ce jour, n'en déplaise aux amateurs, les cartes ont fait l'objet d'une interdiction formelle dans le campement.

Heureusement, à côté des drames et des ennuis, nous trouvions amplement de quoi rigoler. Un jour, je décide de faire la nécropsie d'un porc-épic pour observer et récolter des parasites. Nous n'avions qu'une table : celle de la cuisine. Après l'avoir soigneusement couverte de papier brun, j'y étends mon porc-épic et je l'ouvre du haut en bas. J'extrais les organes, les mets de côté, je retire délicatement la peau – pour Paul – et je prépare la viande pour la cuisson (entre nous, ce n'est pas très bon). Ensuite je prends l'intestin et je commence à extraire les vers. Il y en a de toutes sortes – cestodes, nématodes, plathelminthes – et en quantité phénoménale car le porc-épic fait ses besoins à l'entrée même de son terrier, ce qui n'est pas très hygiénique.

Mes techniciens étaient habitués à ce spectacle peu ragoûtant; ils m'avaient maintes fois vu procéder à des nécropsies. Ils savaient ce qu'est un parasite. Ils savaient aussi qu'un parasite dont on connaît l'origine n'est pas à craindre pour les humains : il est tellement spécialisé qu'il ne « saute » pas d'une espèce à l'autre.

Mais mes techniciens ne sont pas les seuls témoins de l'opération. Deux Terre-Neuviens à l'emploi de Parcs Canada sont venus nous aider à capturer des caribous pour le parc des Hautes-Terres sur l'île du Cap-Breton. Ils ne connaissent pas un mot de français. Comme aucun de mes hommes ne parle l'anglais, nos relations sont plutôt distantes. Eh bien, nos invités n'ont pas supporté de nous voir manger ensuite sur la table de la cuisine, même si je l'avais parfaitement désinfectée. Les pauvres se sont privé de repas pendant deux jours. Ce que nous avons ri !

Presque autant que le soir du spectacle d'Albert... En l'honneur de l'équipe de l'Office national du film, venue cette saison-là tourner la capture des caribous, notre camarade nous avait ménagé une surprise de son cru. Il avait un bel auditoire en perspective : vingt campeurs...

Le camping d'hiver par des froids sibériens n'est pas, on s'en doute, très propice aux soins corporels. Il arrive quand même un moment où on n'en peut plus, il faut se laver ! Après avoir réchauffé un peu la tente à l'aide de notre petit poêle, nous procédions à nos ablutions à même un seau d'eau chaude rapporté de la cuisine.

Un soir donc, Albert, mon soldat pince-sans-rire, rentre dans sa tente pour faire sa toilette. Il mène exprès un boucan de tous les diables. Tout le monde le suit du regard. S'étant déshabillé, il dépose son fanal Coleman juste à bonne distance pour projeter sur la paroi de la tente de superbes ombres chinoises... Le spectacle a un succès fou ! Albert chante à tue-tête pour couvrir les rires des copains.

Les gars de l'ONF ont tout filmé mais, comme par hasard, la scène ne se trouve pas dans la version finale du film. La faute à l'éclairage, peut-être ?...

Chapitre 9

Pourvoyeurs et chasseurs

Dans le Grand Nord, j'étais responsable non seulement des caribous mais aussi des pourvoiries, ces hôtelleries qui accueillent les chasseurs durant l'automne. Pendant la saison de la chasse, je parcourais l'Ungava d'un bout à l'autre en avion pour rencontrer les pourvoyeurs, me familiariser avec leurs installations et, occasionnellement, rencontrer leurs clients. Nous nous rendions mutuellement service.

La radio est le seul moyen de contact dans le Nord. Elle abolit les distances. Tous les matins, chaque pourvoyeur communiquait avec la base de Schefferville et commandait à Ted Bennett, aiguilleur à la Laurentian Air Service, le matériel requis pour la journée. Ensuite il s'adressait à moi.

J'avais pris une entente avec les pourvoyeurs pour documenter mes recherches. Ils m'indiquaient le succès de la chasse et les mouvements des caribous dans leur région, la nature des groupes (hardes de femelles, troupes de mâles), le nombre de têtes. Ils m'informaient aussi des conditions climatiques : direction et force des vents, pluies, etc. Dans mon camp, à 200 ou 300 kilomètres, je recueillais ces importantes données et les enregistrais sur mes cartes. Grâce à mes nombreux correspondants – six pourvoyeurs et Ted qui, tous les jours, me faisait un sommaire des observations obtenues de ses pilotes dans tout le territoire de l'Ungava –, je pouvais suivre les déplacements des troupeaux sur ma carte, présumer de leurs mouvements en fonction de la température, du vent, de la proximité du rut, etc. Si les caribous passaient à moins de 50 kilomètres au nord ou au sud de mon campement, je pouvais même me porter au devant d'eux en canot à moteur.

Les chasseurs, parfois à leur insu, m'ont aidé à élucider certains mystères. Par exemple, c'est chez Ken Macdonald, à Twin River Lodge, que j'ai compris le rôle d'une petite glande cachée entre les pâturons des pattes arrière du caribou. Cette glande m'intriguait depuis longtemps. À quoi servait-elle ? Les caribous ne semblaient jamais s'en servir. Même dans l'enclos, je ne lui avais découvert aucune utilité.

Depuis des jours et des jours, tous les matins à l'heure du déjeuner, des caribous traversaient la rivière vers le camp de chasse en suivant précisément la même route. Nous les voyions descendre le flanc de la colline, pénétrer dans l'eau et déboucher sur l'autre rive exactement au même endroit. Un de ces beaux matins, un chasseur qui n'avait pas encore récolté son trophée de la saison aperçoit un groupe de très beaux mâles en route vers la rivière. À la surprise de tous ses compagnons de chasse, il décide d'aller à leur rencontre. Du camp, nous le voyons interrompre, par son manège, le mouvement des animaux. Ceux-ci obliquent à droite vers le sud et vont traverser la rivière plus d'un kilomètre en amont.

À partir du lendemain, les caribous, qui débouchent toujours au sommet de la même colline, suivent leur chemin jusqu'à l'endroit précis où leurs congénères ont tourné à droite la veille et franchissent la rivière exactement au même point qu'eux. Pas un seul caribou ne repasse par le chemin habituel.

Qu'est-ce que cela signifie ? Après quelques jours, je vais moi-même importuner le troupeau à quelques centaines de mètres du nouveau tournant. Je guette et scrute chaque mouvement des caribous, chacun de leurs comportements, chaque attitude, chaque posture. Je cherche un indice, une piste qui m'aiderait à comprendre où et comment ils laissent un message aux animaux qui les suivent sur la piste.

J'ai trouvé. Lorsqu'un caribou est surpris dans sa marche mais qu'il ne se sent pas gravement menacé, il arrête, lève la tête et, très souvent, se retourne. Ce faisant, il bouge seulement les pattes avant. Ce mouvement décentre un peu les pattes arrière, amenant le petit pinceau de la glande à gratter le sol. La marque laissée par terre signifie : « Attention ! Prends garde ici ! » C'est ainsi que se transmettent les messages d'une harde à l'autre.

À d'autres moments, pourvoyeurs et chasseurs me prévenaient de dangers parfois imminents. Quand un de mes correspondants, par exemple, parlait de pluies abondantes dans le bassin de la George, au sud, il fallait m'attendre à une crue marquée de la rivière dans les heures suivantes. C'était le temps de nettoyer la plage devant mon camp...

La rivière m'avait déjà joué un vilain tour. Un matin, en jetant les yeux dehors, je m'étais aperçu qu'elle avait monté de pratiquement deux mètres ! Tout l'équipement que j'avais laissé sur ma petite plage de sable était disparu : bateau, moteur, baril d'essence, avirons, ceintures, il ne restait plus rien ! J'avais mis des jours à récupérer mon matériel, dispersé à des kilomètres en aval.

* * *

Quand je montais sur la rivière George l'automne, je me faisais accompagner d'un technicien pour une quinzaine de jours. Élie Bolduc, Albert Gagnon, Didier

LeHenaff et les autres ont fait le voyage tour à tour.

Le séjour de notre Français fut marqué d'un incident cocasse qui a failli lui coûter cher. Un jour de tempête, Didier vient me reconduire de l'autre côté de la rivière en canot à moteur. Il vente à écorner les caribous. Nous peinons dans de hautes vagues levées par un vent de travers qui nous charrie à son gré. Parvenu sur l'autre rive, j'offre à Didier de caler la pince du bateau avec une ou deux grosses roches pour le stabiliser en vue du retour. Il refuse. Je crains pour lui, mais enfin, à lui de décider...

Je suis Didier du regard pendant un moment. La vague est courte, le vent fait de la poussière d'eau en cognant la pince du canot. Aux trois quarts de la traversée, l'embarcation se soulève brusquement et l'arrière, plus lourd, retombe presque à la verticale ! C'est le naufrage, le canot s'enfonce comme un piquet dans l'eau. Heureusement, Didier remonte à la surface et réussit à gagner à la nage la rive opposée. Ouf !

Pendant ce temps, le bateau renversé dérive sur des kilomètres, poussé par le vent. Je suis à terre, Didier est à terre, nous sommes sains et saufs, mais celui des deux qui se trouve à proximité de la communication radio ne parle pas un mot d'anglais! Je doute fort que les gars de la Laurentian Air Service, à Schefferville, comprennent son appel à l'aide... D'après sa trajectoire, le canot devrait terrir sur la rive est de la baie de la rivière Déal, en face de la pyramide de sable. Pour m'y rendre, il faudrait traverser la Déal à gué. Il ne saurait en être question. Et puis, de toute façon, c'est à Didier de jouer. Espérant qu'il saura se débrouiller, je monte au sommet de ma colline pour la journée. Si Didier ne revient pas me chercher à l'heure convenue, il faudra coucher à la belle étoile! En fin d'après-midi, vaguement inquiet, je descends de mon site d'observation. Bientôt un bruit de moteur me fait lever la tête. Ah tiens, Didier a réussi à se faire comprendre...

Notre bateau récupéré, nous en sommes quittes pour faire remettre en état le moteur et notre deuxième bateau, un canot pneumatique. Didier avait failli se noyer. Mais il avait tiré une leçon de sa mésaventure: mieux vaut connaître l'anglais!

* * *

En bon Français qu'il était, Didier avait la qualité d'aimer bien manger, ce qui était loin de me déplaire. Une année, lui et moi recevons la visite de six chasseurs de Sainte-Foy venus tenter leur chance sur la rive ouest de la rivière. Nous logeons tous les huit dans l'ancien camp de l'armée canadienne, maintenant désaffecté, au lac de la Hutte Sauvage. Un camp comme l'armée seule peut les concevoir : élevé sur un site de premier choix, équipé de lits, de génératrices, de pétrole, et doté de bâtiments assez grands pour accueillir... une armée. Le grand luxe, quoi. Avant que quelque haut fonctionnaire ombrageux ne prenne l'initiative de le faire détruire, je me l'étais approprié comme camp de base pour mes voyages d'été et d'automne.

Cinq de nos chasseurs – des médecins – tuent leur caribou le même jour, dans le même groupe de mâles, pas très loin du camp. En sportifs plutôt dilettantes qu'ils sont, ils abandonnent sur le terrain tous les abats de leur gibier. Tout heureux de l'aubaine et battant de vitesse les charognards, Didier et moi ramassons les langues, les cervelles, les rognons, les foies et les testicules. De retour au camp, Didier proclame solennellement qu'il cuisinera le repas collectif du lendemain. Il tient parole et nous fricote un véritable festin : entrée de langues de caribou au vinaigre, cervelles de caribou au beurre noir, rognons de caribou sautés au vin rouge et, pour finir, foies de caribou aux fines herbes de la rivière George agrémentés d'amourettes en chasse aux graines rouges. Un menu digne de rois !

Sur le coup de 18 heures, Didier « cogne le chaudron » pour appeler ses convives. Tout le monde se met à table. Un à un, les plats garnis et décorés sont annoncés à haute voix et déposés sur la table. Nos invités se jettent des coups d'oeil furtifs, trempent délicatement leur fourchette dans les sauces en faisant précautionneusement le tour des morceaux de viande, et finissent par avouer que, tout bien considéré, ils n'ont pas très faim. Didier et moi sommes tellement occupés à nous empiffrer que la réaction de nos invités nous échappe. Depuis des jours et des jours que le menu se limite aux truites « à la George », nous sommes ravis de déguster de la viande, surtout des morceaux aussi délicieux.

Après le repas, bien repu, je me mets à chanter les mérites et les vertus de notre chef et des abats, ces fruits cachés de la chasse... Dans mon esprit un peu embrumé, il me revient finalement que j'ai mangé au moins deux cervelles à moi tout seul, que Didier en a mangé autant, et que pourtant il en reste... Que nous avons terminé les rognons à nous deux. Que nous avons aussi englouti les foies et les amourettes. Bref, que nos invités n'ont rien avalé parce qu'ils n'aimaient pas les abats! En revoyant la mine de ces médecins au coeur mal accroché, je ris encore aujourd'hui.

Une autre année, le pourvoyeur Fritz Gregor avait installé ses clients chasseurs à mon camp. L'un d'eux, m'observant à mon insu, s'aperçoit que je ne me prépare jamais de lunch avant de partir pour la journée; pourtant, je ne rentre jamais au camp avant les autres. Il m'a vu prendre quelques morceaux de « vieux cuir séché » dehors, dans le placard, mais il ignore ce que c'est. Je lui explique qu'il s'agit de caribou fumé (Élie Bolduc, l'expert, m'avait fumé un animal complet pour me durer tout le temps de mon séjour). Mon chasseur n'en croit pas ses yeux. Lorsque je lui en fais goûter un morceau, il est ébahi. Quel délice!

Quelques jours plus tard, pendant mes heures d'observation sur la colline, il repart pour New York. Dans sa valise, le malotru a mis tout ce qu'il me restait de bonne viande fumée, me laissant en échange la carcasse du caribou qu'il vient d'abattre, accompagnée d'un mot gentil sur le plaisir qu'il a eu de faire ma connaissance. Je me suis mis dans une colère terrible! Aucune viande fraîche ne peut se comparer à du caribou fumé par monsieur Bolduc! L'hiver suivant, je reçois une lettre du même chasseur s'informant de l'endroit où il pourrait me rejoindre pour la prochaine saison de chasse. « Ça coûtera ce que ça voudra, je veux t'accompagner l'automne prochain », écrivait-il. J'ai eu l'occasion de m'expliquer avec lui...

Sur la George, nous vivions des viandes du pays, mais aussi de poisson. En revenant avec Albert de *George River Lodge*, une pourvoirie située à environ 100 kilomètres au nord de « chez nous », j'avais remarqué une immense fraye de truite grise à Wedge Point, à peu près à michemin. Je propose à Albert de nous y arrêter pour capturer notre souper. Il est d'accord. Je sors mes agrès de pêche, lance ma ligne à l'eau et, du premier coup, j'attrape un monstre. Le poisson est bien assez gros pour nous nourrir tous les deux mais, pour ne pas rendre Albert jaloux, je lui offre de se prendre une truite lui aussi. « Une petite ! » lui dis-je. Albert lance et ferre sur-le-champ un autre monstre. De retour au camp il pèse sa truite : 17,6 kilos !!!

Une autre fois, par un soir calme où je vaquais tranquillement à l'entretien de mon matériel sur la plage, j'aperçois soudain un écureuil qui saute à l'eau depuis la branche d'un aulne. Il se met à nager vers l'autre rive, à près d'un demi-kilomètre ! Absolument rien ne donne à penser qu'il est poursuivi. Assis sur le flotteur de mon canot, j'observe. Je n'ai jamais vu d'écureuil nager. Puis, glouf ! il disparaît. Une truite grise de plusieurs kilos vient probablement d'en faire son souper. Sur mon honneur, ce ne sont pas là des fables de pêcheur !

* * *

Sur la rivière George, il ne manquait pas d'événements susceptibles d'intéresser un vétérinaire. Concernant les castors, les porcs-épics et les aigles, par exemple.

La toundra n'ayant pas de tapis de matière biologique comme les forêts du sud, l'eau de pluie n'y est retenue d'aucune manière. Le ruissellement est très abondant et rapide au cours des grandes pluies, et le niveau des rivières peut varier considérablement en très peu de temps. Pas très loin de *Twin River Lodge*, sur la rive ouest de la rivière, j'ai découvert une hutte de castors à trois étages, non pas superposés mais disposés en paliers dans une pente très prononcée. Les castors passaient d'un étage à l'autre selon le niveau de la rivière; en cas de crue soudaine, ils pouvaient demeurer à l'abri de leur hutte en s'échappant vers le haut. Il s'agit là d'une adaptation assez remarquable pour des animaux qui, normalement, règlent eux-mêmes, par des barrages, le niveau de l'eau entourant leur logis. Je n'ai d'ailleurs jamais vu d'autre exemple de cet étonnant comportement.

Quant aux porcs-épics, nous les avions littéralement pour voisins. Pour notre grand plaisir, dois-je ajouter.

Quand les chasseurs ont besoin le soir de « jeter de l'eau », comme disait mon grand-père, ils vont rarement plus loin que le bout de la galerie. Résultat : le sel s'y accumule. Or, dans le Nord, le sel est un élément important de l'alimentation des animaux. Les porcs-épics, en particulier, en raffolent. J'ai vu des avirons rongés précisément aux endroits où l'on empoigne le manche; les porcs-épics s'étaient régalés du sel produit par la transpiration.

Au vieux campement de la rivière George, il fallait prendre garde, en sortant pisser, de ne pas mettre le pied sur l'énorme porc-épic qui avait élu domicile autour du camp et rôdait souvent sur la galerie. D'autant plus que nous sortions toujours en chaussettes ! Avec les années, les sels s'étaient sans doute accumulés en quantité considérable sur le terrain. Ce gros porc-épic avait choisi notre bout de galerie comme site de ressourcement. Tous les soirs il était au rendez-vous. Même durant le jour, il ne se privait pas d'une petite lichette de temps à autre.

J'ai pris notre animal en photo et son profil a longtemps orné le bureau du président de la Société de développement de la baie James (j'y ai été consultant). Notre porc-épic a terminé sa glorieuse carrière au zoo de Charlesbourg, où il a régné en maître pendant des années pour le plus grand plaisir des visiteurs. À chacune de mes visites, je lui apportais un petit bloc de sel au cas où le gardien du zoo n'aurait pas su le contenter. C'était ma façon de le remercier de sa présence dans notre petit paradis sur la George...

Cette histoire de porc-épic m'amène à vous entretenir d'un de mes plus chers techniciens de la faune: Paul Beauchemin. Quand je l'ai connu, Paul était concierge d'école et travaillait également comme bénévole au zoo de Charlesbourg. C'était la seule personne capable d'amener certains pensionnaires du zoo, dont des oiseaux de proie, à se reproduire. Quand j'ai eu besoin pour une expédition d'un homme de bois, habitué au camping d'hiver et habile sur la raquette, Paul s'est proposé.

Consciencieux, très débrouillard, toujours d'humeur gaie, diplomate, doué de mains qui savent tout faire, Paul est vite devenu un membre précieux de l'équipe. Son embauche a fait l'objet de négociations longues et compliquées parce qu'il ne possédait pas les diplômes requis par la dernière entente syndicale. Mais il a fini par triompher de ces difficultés. En prenant des cours du soir, il a accumulé les crédits qui lui manquaient pour devenir technicien de la faune et même, plus tard, pour enseigner des techniques d'aménagement aux employés du Ministère.

À l'occasion, je donnais à Paul des cours sur la mise en peau, c'est-à-dire l'empaillage des animaux destinés aux chercheurs et aux musées. Mon technicien s'est vite distingué à la tâche. Quand il avait réalisé un sujet plutôt « difficile » dont il était particulièrement fier, il m'invitait à lui en faire la critique. L'évaluation suivait toujours le même cours. Je commençais par féliciter Paul, puis, avec ménagement et précision, je lui signalais les défauts de son animal.

De mon point de vue, je livrais une critique constructive, mais l'épouse de Paul, Andrée, qui se berçait toute seule dans la cuisine pendant ces séances, voyait chaque fois venir mes commentaires avec appréhension. Elle savait les dizaines d'heures que Paul avait consacrées à son travail. Un jour où je faisais la critique d'un vison, la vapeur est sortie :

— Avec toi, Benny, c'est toujours pareil ! Tu jettes un coup d'oeil et tu dis : « Oui, c'est très bien, très très bien, je te félicite, Paul, tu es de plus en plus habile. MAIS... Un vison, ça n'a pas les fesses aussi larges, ça ne bouge pas le dos tout à fait comme ça, regarde, c'est dans les lombes que le dos plie, et puis la tête n'a pas le bon angle, observe l'articulation du crâne avec les vertèbres du cou. » Etc., etc. Benny, tu exagères !

On a éclaté de rire tous les trois. Quelque temps plus tard, Paul m'a confié :

— Tu sais, avant ta visite, j'étais si fier de ce vison que je l'avais offert à ma mère; eh bien, crois-moi si tu veux, j'ai fini par le trouver si laid que, l'autre jour chez elle, je l'ai jeté dans le foyer.

Une fin de semaine, Paul m'invite à naturaliser un porc-épic avec lui. Nous travaillons sans relâche du vendredi soir jusqu'au dimanche. Sauver la carcasse d'un porc-épic demande déjà du doigté. Mais lui enlever la peau, la nettoyer, la tanner, la bourrer, la coudre et la positionner dans son attitude finale, c'est un tour de force. Nos gants ne résistaient pas aux aiguilles et comme, justement, nous tenions à conserver à notre animal le plus d'aiguilles possible, les piqûres nous criblaient les mains. Ce que nous avons inventé de jurons en installant notre masse de piquants sur sa branche! Le dimanche, notre montage enfin fini, nous contemplons notre porc-épic: il était tellement parfait, tellement réel, que nous avons eu peur qu'il se sauve!...

Les porcs-épics du Nord ont la fourrure très longue, de sorte qu'on ne voit pratiquement pas leurs aiguilles. Le nôtre a trôné pendant plusieurs années sur le manteau de la cheminée à *l'Étape*, dans le parc des Laurentides. Les gens le prenaient pour un petit ours, d'abord parce qu'il était énorme, et ensuite parce que ses aiguilles étaient pratiquement invisibles. Mais ceux qui venaient le caresser découvraient vite leur erreur. Cet animal était tellement beau qu'il me semblait, toute modestie mise à part, que personne n'aurait jamais pu faire mieux que nous.

Forts de l'expérience, Paul et moi nous sommes attelés à un lynx. Sachant à quel point les chats sont difficiles à naturaliser, nous avons passé une soirée entière à prendre des mensurations, toutes plus précises les unes que les autres. Toute la journée du lendemain a été consacrée à « modeler » notre lynx en suivant ces innombrables mesures. Le troisième jour, le résultat était tellement décevant que nous avons jeté l'animal au feu. Paul et moi venions d'apprendre que la science exacte, en cette matière, ne vaut pas l'instinct, le sens du geste, la connaissance du mouvement. Une bonne naturalisation exige de la technique, oui, mais surtout une image mentale précise. Paul est devenu un maître en taxidermie.

* * *

À l'occasion d'une longue randonnée dans la toundra, j'ai rencontré un jeune aigle doré. Debout sur une carcasse de caribou, il était incapable de s'envoler tellement il avait mangé de viande. Je n'ai eu qu'à le cueillir.

J'ai toujours rêvé de fauconnerie. À l'Université de la Colombie-Britannique, j'avais rencontré l'auteur de *North*

American Falconry and Hunting Hawks, un livre merveilleux. Frank Beebe m'avait même emmené chasser avec lui et ses faucons. La découverte de cet aigle doré remuait en moi des désirs inassouvis. Enfin, il m'était donné de vivre une expérience unique avec le roi des oiseaux de proie.

J'ai donc rapporté mon aigle au camp, lui ai façonné des gesses (lanières) avec des bandes de cuir, puis lui ai fabriqué un anneau et un bloc pour se percher. Mon gant ne constituant pas une protection suffisante, j'ai dû me fabriquer aussi une manche pour l'avant-bras. Le voyage du site de capture au camp avait suffi à me convaincre qu'à défaut, les serres de l'oiseau me perceraient vite la peau.

Ensuite, j'ai voulu le dresser. Tous les livres de fauconnerie précisent que l'aigle est le plus dangereux des oiseaux de proie et qu'il est préférable de porter un masque pendant le dressage. Sinon le fauconnier risque de se faire arracher un oeil. Je n'avais pas de masque. Après quelque temps, à voir mon glouton déchirer de la peau de caribou comme si c'était du papier, j'ai compris que mes yeux étaient plus précieux que mon rêve, et j'ai finalement libéré mon oiseau. Non sans regret. En le regardant s'éloigner dans le ciel, je lui ai souhaité longue vie, espérant le revoir un jour.

* * *

Mais je reviens aux pourvoiries. Pendant la saison de la chasse, je faisais volontiers les frais de la conversation, le soir, dans les camps. Je répondais aux questions des chasseurs sur la pêche, la chasse, l'écologie, l'histoire naturelle, etc.

À d'autres moments, il m'arrivait de les tirer d'un mauvais pas. Un dimanche, Stan Karbosky m'envoie un appel urgent. Par hasard, ma radio était ouverte.

— Oui, Whale River, je vous écoute.

— Un ours polaire est en train de piller toutes mes tentes ! s'écrie Stan.

« Ses » pêcheurs avaient aperçu l'animal plus bas sur la rivière le matin. L'ours, un très gros mâle, était maintenant en train de semer une immense panique dans le camp. Il ne cherchait pas la porte des tentes pour y entrer, il les déchirait les unes après les autres comme un douanier éventre des bagages quand il est certain d'y trouver de la drogue. Les dégâts étaient affreux.

Il est interdit aux Blancs de tuer les ours polaires. Seuls les Inuits en ont le droit. Mais il fallait faire quelque chose, et vite! Je prends l'initiative d'autoriser Stan à abattre l'animal. « Mais ne tire pas dans la tête, dis-je. Enlève-lui la peau, vide-le immédiatement, et garde tous les abats. » Après avoir demandé en outre au pourvoyeur de prendre les mensurations qui permettraient de faire de l'ours un spécimen de musée, je communique avec les Inuits pour savoir lequel d'entre eux viendra récupérer la carcasse, et quand. La tête, eh bien je la garderais pour moi. L'avion de Ted Bennett passerait la récupérer le lendemain matin.

Cette tête est devenue un crâne magnifique qui illustre aujourd'hui mes propos devant les jeunes des écoles primaires.

Chapitre 10

La toundra

La toundra ne connaît pas les demi-mesures. Tout dans cet environnement atteint des proportions extrêmes. Le ciel est tellement près de la terre que, devant chaque petite colline qui se détache là-bas, sur l'horizon lointain, le marcheur solitaire croit voir poindre le bout du monde. Oui, le bout du monde, l'endroit où le ciel et la terre se touchent et se caressent.

Ici, même le ciel de la nuit noire fait naître l'émotion. Quand les nuages viennent mettre leurs mains sur les yeux de la terre, la noirceur absolue déclenche dans la tête des idées et des perceptions toutes nouvelles sur le silence et la solitude. Longues nuits d'oeuvres aveugles qui rendent d'autant merveilleuses et surprenantes les images vibrantes des jours de lumière.

Certaines nuits, les aurores boréales envahissent le ciel comme les oriflammes du grand Roi-Soleil. Bannières d'apparat, ces arcs-en-ciel s'éclatent dans les vents solaires sans rime ni raison. Oxygène, hydrogène, néon, chacun claironne sa couleur comme un message apocalyptique. Mais il fait illusion. Annonciatrices de rien, les aurores boréales peuvent néanmoins distraire du sommeil pendant des heures, pendant des nuits entières.

Les ciels purs de la nuit sans voiles ouvrent les portes de la grande chambre nuptiale. Comment dire en mots le temps de l'obscurité sidérale, quand la cosmologie se laisse frôler par la compréhension humaine? Agenouillé dans les lichens, j'ai fouillé de mes yeux pendant des heures et des heures cet infini qui m'intrigue tant. C'est devant ce spectacle grandiose, déployé sur le toit du monde, que j'ai senti surgir en moi la passion des choses du ciel.

Mon télescope prolongeait mon imaginaire dans les galaxies, les quarks, les nébuleuses, les étoiles, les géantes rouges, les naines blanches et toutes les jaunes – plus ou moins rouges, plus ou moins bleues – qui racontent les états d'âme de la matière.

Au coeur attentif, la nuit étoilée de la toundra chante sa fidélité amoureuse pour la terre. L'obscurité, devenue affectueuse, mène à l'activité intérieure. Le temps passe, sans hâte, sans souci de l'heure. La Pléiade marque les minutes, mais ce sont des minutes d'éternité. Dans la toundra, la nuit n'a pas perdu sa virginité. Elle est restée telle que le *big bang* l'a inventée il y a des milliards d'années. Dans son mystère, les fenêtres de l'âme enfin s'orientent.

* * *

De jour, je poursuivais sans relâche mes observations sur la petite colline. J'avais cru m'apercevoir que, contrairement à une croyance répandue, le caribou jouit d'une excellente vue. Pour son malheur, cependant, il se fie à l'odeur pour reconnaître le danger.

Un jour que je tenais un petit troupeau de caribous en vue dans mon télescope, j'ai voulu vérifier la qualité de leur vision. J'ai agité un chiffon blanc au-dessus de ma tête en surveillant leur réaction, puis l'ai caché pour observer. Quelques mâles se sont approchés à quelques dizaines de mètres à peine de moi. Le nez en l'air, ils m'ont examiné, sont venus me renifler sous le vent dans un lent mouvement circulaire (je ne bougeais plus que les yeux) avant de détaler comme des fous. J'ai répété l'expérience plusieurs fois.

À une autre occasion, j'ai poussé bien plus loin l'audace. Sur ma colline d'observation se dressait un gros rocher de presque deux mètres de long sur un mètre de large et cinquante centimètres de haut. Je l'appelais « mon caillou ». Il me servait d'abri contre le vent, de dossier de chaise, d'appui pour mon télescope et de point de repère durant mes excursions. Un matin en arrivant, j'aperçois à quelque distance, de l'autre côté de ma cache, l'arrière-train d'un caribou couché le long de mon caillou. Le panache qui dépasse m'indique qu'il s'agit d'un mâle. J'arrête, je réfléchis un instant. Le vent m'est favorable... C'est le temps ou jamais d'aller toucher les fesses d'un caribou dans la nature!

Je me dépouille de tout ce qui clique ou claque dans mes poches et sur ma personne, me déchausse, retire ma casquette au cas où le vent l'emporterait. En bas de laine, je m'engage à pas de Sioux vers le dormeur... Tout doucement... Me voilà à un peu plus d'un mètre de son dos. Main droite tendue, j'hésite. Soudain je crains que mon animal, lui, ne voie pas la taquinerie d'un oeil aussi amusé que moi. Pour m'assurer une retraite en cas d'urgence, je m'agrippe de l'autre main à une saillie du rocher, et, millimètre après millimètre, continue d'avancer la main. À un centimètre de mon objectif, le caribou saute comme une puce ! Il fait trois bonds, se retourne vers moi l'air incrédule, puis, tête haute, queue relevée, s'enfuit du pas qui signale : danger ! Ma conclusion : non seulement les caribous ont-ils de très bons yeux mais leur champ de vision est pratiquement circulaire.

* * *

Le sommet de ma colline n'était pas mon seul site d'observation. En naviguant sur la George, j'en avais localisé plusieurs dizaines d'où il était possible de suivre le trafic des hardes sur la rivière. Combien d'heures j'ai passées sur l'un ou sur l'autre, à attendre les caribous sans rien faire ni bouger, comme un moine qui médite.

C'est là, pendant ces heures interminables, que j'ai commencé à lire les curieux messages des cailloux sur le sol. Les glaciers, à ce que je sache, ne se sont pas souvent amusés à dessiner en petites pierres des cercles ou des rectangles quasiment parfaits ! Pourtant, les cailloux étaient ici bien alignés, parfois autour de ce qui ressemblait à une place de feu, parfois à proximité de perches décomposées que les lichens soulignaient de leurs différentes couleurs.

La première fois, la découverte m'intrigue, la deuxième, elle pique mon intérêt scientifique. Mais après des dizaines de fois, les mêmes formes apparaissant ici et là dans de multiples variations, je ne peux m'empêcher de m'interroger sérieusement, de leur chercher un sens. Alors, à mains nues, je creuse la terre. Le sol livre bientôt des artefacts humains ! Jamais je n'aurais osé imaginer pareille découverte. Je me prends à rêver, à imaginer des chasseurs sortis de la nuit des temps, venus attendre le caribou à l'endroit précis où je me trouve aujourd'hui.

Plus tard, j'ai conduit Louis-Edmond Hamelin sur quelques-uns de ces mystérieux sites. Ce géomorphologue renommé dans tout le Canada m'a confirmé qu'effectivement, l'Arctique canadien était déjà habité il y a des milliers d'années. J'avais découvert par hasard les signes irréfutables de l'existence de ses premiers occupants.

Hamelin m'a ensuite donné en pleine toundra le cours le plus excitant, le plus fou de ma vie. Il m'a instruit sur les effets et les caractéristiques du pergélisol, sur les traces laissées par les glaciers et sur l'archéologie du pré-Dorset dans le nord du Québec. Debout sur les rives du Moushoua Nipi, la « rivière sans arbres » comme il se plaisait à nommer la George, et devant toutes les structures géologiques qui m'avaient intrigué sur le terrain, il me décrivait, me racontait, m'expliquait en des mots qui embrasaient mon imagination.

À toutes mes questions, il procurait des réponses qui faisaient naître en moi une foule d'autres questions. Depuis, solifluxion, gélifluxion, pals, ostiole de toundra ne sont plus des concepts mais des images de lieux du Nord, des points de repère qui n'ont plus quitté ma mémoire.

Voilà donc pourquoi je vouais spontanément tant de respect à ces endroits sacrés. Ce n'était pas depuis des générations seulement, mais bien depuis des milliers d'années que les humains chassaient ici le même gibier. Avec, à peu de chose près, les mêmes moyens... J'étais assis ici, exactement sur le même rocher qu'eux. Nous cherchions la même chose du regard, nous allumions notre feu entre les mêmes pierres. Quelle émotion !

Chapitre 11

C'est dimanche

Un jour où j'avais fait la tournée complète de mes pourvoyeurs, je reviens à mon camp dans un état de ras-le-bol complet. Pour une fois, la compagnie obligée des uns et des autres m'avait complètement exaspéré. Enfin seul! Enfin le silence! Je pressens alors qu'une longue méditation m'appelle.

La solitude choisie, pour moi, est une grande amie. Même si elle a ses exigences, même si elle ne s'accorde pas bien avec le temps: la solitude se donne; le temps, lui, n'arrête pas de calculer.

Le frère de la solitude est le silence. Mais le silence est encore plus difficile à trouver car, au contraire de la solitude, il ne s'offre pas gratuitement. Pendant que dehors le vent rage, la mémoire, de son côté, n'arrête pas de hurler; les événements de la vie quotidienne crient pour enterrer le bruit du vent.

On ne choisit pas le silence. Il faut le creuser, le chercher en plein coeur, lui faire un nid au fond de soi. Et puis la solitude et le silence doivent se mettre d'accord. Il faut des jours et des jours, sinon des semaines, avant qu'ils ne se présentent tous les deux ensemble à la table de celui qui les cherche. Mais quand on les connaît et qu'on les fréquente souvent, quand on prend le temps de les apprivoiser, ils deviennent des amis, des confidents disponibles et présents. Pour cela, il faut se taire et laisser s'envoler son imagination, comme un aigle qu'on relâche dans le ciel.

* * *

Un chasseur m'avait fait cadeau d'une minitente (*pup tent*) que je me promettais depuis quelque temps d'utiliser. Depuis deux jours, il me passait des milliers de caribous sous le nez. Les bêtes émergeaient toujours de l'eau au même endroit, juste un peu en aval du camp. Les pilotes me confirmaient à la radio que la colonne de caribous, dont la tête se trouvait sur la George, était presque continue depuis le lac Brisson, à l'est, et même depuis le Labrador. Après la traversée de la George, le troupeau semblait se diriger vers le lac Coiffier, au nord-ouest de mon camp.

Je me mets à rêver... Le comportement et l'organisation sociale des caribous m'ont déjà livré beaucoup de leurs secrets. Combien de fois j'ai suivi les migrations du haut des airs ou du sommet de ma colline! Mais je ne peux pas croire que les caribous aient épuisé tous leurs mystères. J'envoie un message radio à Schefferville:
— Prends la carte, Ted, veux-tu, et repère l'embouchure de la rivière Falcoz dans la George... Tu l'as? Tends une ligne vers l'ouest jusqu'à un grand lac sans nom qui se trouve à la tête de la rivière Tunulik, juste au-dessus de la ligne du Mercator. Vois-tu l'angle carré sur sa rive nord-ouest et une petite baie en forme de doigt vers l'est sur sa rive sud? Bon. Maintenant, trace une ligne avec ta règle entre le bout de la baie et mon camp.

« Ted, je pars à pied avec les caribous. Si je n'ai pas communiqué avec toi d'ici quinze jours, viens survoler cette ligne en avion. Envoie-moi de l'aide si tu aperçois mes gros rubans blancs étendus en croix[1]; si les rubans sont parallèles, tu me fais bonjour de l'aile et tu reviens la semaine suivante. Entendu ?... Salut et merci ! »

Ce long pèlerinage en solitaire dans la toundra me vaudrait plus tard un surnom qui ne m'a jamais quitté : Ben Caribou.

Les caribous défilaient de l'est, innombrables. Je les voyais arriver tous les jours, un peu avant l'heure du midi, et se coucher dans le flanc de la montagne, juste en face du camp. Au milieu de l'après-midi, ils se levaient, paissaient un peu et traversaient la rivière, reprenant la route de migration. Le lendemain, d'autres suivaient.

De bon matin, mon bagage sur le dos – de la nourriture, du gaz propane pour manger chaud, de l'équipement de pêche, ma minitente, ma carte –, je prends la route des caribous. Je préfère devancer les animaux que les approcher moi-même. Le

[1] Rubans de vinyle de 30 cm de largeur que nous portions toujours dans notre sac à dos au cas où un avion chercherait à nous repérer au sol.

vent souffle à écorner les boeufs, un gros vent du nord qui gêne beaucoup la marche mais qui me confère un avantage : le troupeau, derrière, ne percevra pas mon odeur de très loin.

Dix kilomètres par jour, voilà l'objectif que je me suis fixé. C'est peu sur une route bien asphaltée mais, dans la toundra, les aspérités du terrain peuvent rendre cette distance très longue. À la tombée du jour, les caribous ne m'ont pas encore rattrapé. Sûr de mon trajet, je plante ma tente à l'abri du vent derrière une petite butte. Il fait presque nuit quand je m'installe pour souper. Les caribous font leur apparition dans le paysage. Après avoir revérifié les ancrages de ma tente, je me couche épuisé et m'endors du sommeil du juste malgré les vibrations et les claquements de la toile.

Ce sont les cric-crac des caribous qui me réveillent au petit matin. Le jour se lève à peine qu'ils sont déjà en route. Je sors de ma tente pour me faire à déjeuner. Mais cric ! cric ! cric ! cric ! cric ! En quelques minutes, ils ont tous disparu ! Leçon numéro un : en migration, tout le monde part en même temps. Je mange en vitesse, glisse un morceau de caribou fumé dans ma poche, ramasse mon bataclan et pars à leur poursuite. Ce n'est qu'après plusieurs heures qu'ils réapparaissent. Tout excité, je m'efforce de conserver le bon rythme de marche, c'est-à-dire de régler ma cadence sur la leur (le pas calme d'un caribou correspond au pas rapide d'un homme). Bientôt, ils m'entourent de tous les côtés. J'entends très bien le craquement de leurs doigts.

Soudain, le mouvement ralentit. Je m'en rends compte mais j'ignore pourquoi. Puis je me rappelle: au beau milieu du jour, les caribous en migration se reposent. Ils se couchent à droite, à gauche, devant, derrière. En moins de temps qu'il n'en faut pour le dire, tous les animaux sont à l'horizontale. Le seul qui soit debout, c'est moi! Alors je fais comme mes voisins: je me laisse tomber par terre. Et maintenant? Je ne vais quand même pas rester immobile pendant trois heures sans le moindre abri contre un vent furieux! Eh bien, oui, car voilà la leçon numéro deux: le repos du milieu du jour, c'est pour tout le monde, sans exception. Je sors mon sac de couchage...

J'ai vite compris aussi (leçon numéro trois) que le troupeau me fausserait constamment compagnie à moins que je ne me fasse caribou moi-même. À défaut de synchroniser mes moindres mouvements avec les leurs (en suivant les craquements de leurs doigts), ils décamperaient. Si je voulais bouger pendant la sieste ou les périodes de broutage, je devais le faire caché sous la tente. À l'heure du départ, pour ne pas les effaroucher, il fallait plier ma tente pratiquement avant d'en sortir et bien équilibrer mon lourd chargement sur mon dos *avant* de me mettre debout.

Après quelques jours, j'étais devenu très habile. Dès les premiers signes, les premières modifications du rythme des crics, je devinais l'intention du troupeau. En m'appliquant pendant la marche, j'étais capable de demeurer au beau milieu des bêtes sans provoquer de panique à aucun moment. À trois ou quatre mètres seulement, ils ne prenaient pas peur si j'étais du bon côté du vent...

Ni les rivières, ni les lacs, ni les marécages ne les faisaient dévier de leur chemin. Il en allait autrement de moi. Forcé de faire des détours, j'ai vite compris qu'il fallait encore une fois me faire discret: contourner l'obstacle le plus loin possible, jamais à un angle de 90° et toujours du même pas vigoureux. C'est ainsi qu'au bout d'une semaine de marche, j'ai dû me mettre nu comme un ver pour traverser une rivière, mes vêtements et tout mon bagage sur la tête. Le pire, c'était le froid, le vent qui charriait horizontalement des flocons de neige piquants. L'eau était d'ailleurs plus chaude que le vent. Je progressais très lentement, en songeant que personne ne viendrait à mon secours si je perdais pied, que Ted ne me découvrirait que dans six jours...

Une fois la rivière franchie, finies les conjectures pessimistes, c'était le temps de m'habiller! Un massage de flocons de neige sous la brise n'a rien de thérapeutique à première vue, mais dès que vous êtes séché, un intense bien-être vous envahit, doux, chaud comme un bon feu. Pendant des heures, je me suis demandé si les caribous éprouvent la même agréable sensation après s'être plongés dans l'eau froide.

J'étais parmi eux comme un enfant de maternelle qui apprend les règles du comportement en société. J'apprenais à marcher en promenade dans la circulation. Les processions de tout-petits dans les rues d'une ville, la main agrippant la corde derrière l'animatrice, me rappellent toujours cette expérience de la migration au milieu d'un troupeau de caribous. La corde que je prenais bien garde de lâcher, c'était les cric-crac des caribous. Au milieu des hurlements incessants du vent, je devais rester attentif aux craquements émanant des alentours, tout en regardant où je posais les pieds. Peu à peu, l'effort s'est changé en automatisme.

Mon troupeau, comme tous les troupeaux de caribous, était suivi par des loups. La meute a senti mon odeur, m'a accompagné durant tout le voyage, mais je ne l'ai jamais vue. Certains matins où les traces dans la neige placotaient sur les événements de la nuit, je constatais qu'elle était venue me rendre visite. Sans doute pour faire la leçon aux louveteaux sur cet énergumène à deux pattes qui n'avait ni l'aspect ni l'odeur d'un caribou... J'aurais voulu voir les loups abattre un caribou mais la chance ne m'a pas favorisé. En fait, au centre du troupeau, j'étais bien mal placé pour assister à ce spectacle puisque les loups chassent en périphérie.

Un jour, j'ai pourtant cru assister à une mise à mort. Un caribou avançait non loin de moi tout en paissant. Il avait la paroi abdominale déchirée et les tripes qui pendaient jusque sur les lichens. Le plus étonnant, c'est qu'il n'en semblait pas incommodé. Jusqu'à la fin du jour je l'ai suivi discrètement. Au matin, toute trace de la bête avait disparu. À bien y penser, c'était probablement un ours qui, lui ayant déchiré le ventre d'un coup de patte, l'avait ensuite perdu. Les loups, eux, ne laissent jamais s'échapper une proie si grièvement blessée. Ils l'auraient poursuivie jusqu'à la fin.

Les rapports entre les loups et les caribous m'ont toujours beaucoup intéressé. Les loups suivent toujours le même troupeau. Dans la région du lac Dolbel, j'ai vu trois années de suite une meute de 12 loups – dont un foncé et un très pâle – dans le sillage du même troupeau. À une trentaine de mètres de distance, les caribous ne paniquent pas. Ils courent assez vite pour ne pas prendre la menace des loups au sérieux. Jusqu'au moment où les loups décident qu'ils ont faim. Ils prennent alors le troupeau en chasse et le harcèlent. Au prix d'énormes efforts, ils réussissent à attraper les animaux qui s'essoufflent les premiers : blessés, handicapés, malades. Aucun loup ne peut battre à la course un caribou en bonne santé. Ils énervent le troupeau, le fatiguent jusqu'à ce qu'une, ou deux, ou trois bêtes cèdent.

Pendant une virée à l'ouest de Schefferville, à haute altitude, j'aperçois sur un lac d'immenses boucles d'une régularité de forme surprenante. On aurait dit qu'une motoneige géante s'était amusée à les dessiner. Que font ces grandes volutes dans une région inhabitée ? Je ne comprends pas. Je demande au pilote de survoler le lac de plus près. Bientôt je constate qu'une colonne de 50 caribous de front avait tracé ces cercles presque parfaits pour échapper aux loups ! En courant en rond, le troupeau avait épuisé lui-même les plus faibles dans ses rangs.

Au bout du lac, l'immense trace s'engage sur la décharge. Ô surprise, à cent mètres à peine gît une carcasse de caribou entièrement dévorée par les loups. Puis une deuxième, et une troisième où la meute s'empiffre encore. Nous passons et repassons à basse altitude pour mieux voir, pour tout voir. Les loups sont tellement gavés qu'ils sont incapables de s'enfuir à notre approche, malgré le vacarme de l'avion. Ils lèvent la tête pour nous défier, font des grimaces, découvrent les dents. Le plus frappant, c'est que nulle part les traces de caribous dans la neige ne faisaient le tour des carcasses. À l'issue de sa course effrénée sur le lac, la meute n'avait donc réussi à attraper que trois traînards de toute façon voués à la mort.

* * *

Le vent est une présence de tous les instants dans la toundra. Il profite de chaque caillou pour inventer un cri nouveau; il s'accroche à tout ce qui dépasse pour voir si ça plie ou si ça casse; comme un forcené, il charrie la neige dans tous les interstices du sol.

Il gèle les larmes dans mes favoris. Il cherche à me pénétrer jusque dans la tête. J'ai l'impression de marcher dans un filet tellement il me serre de près. Il m'impose un pas au ralenti qui doit être drôle à voir. Il ne veut jamais aller où je vais.

Mais à la longue, lentement, doucement, je découvre qu'il chante. Il chante comme pour rythmer sa course folle. À mesure que les jours passent, ses chansons me deviennent familières. Elles ont des accents surprenants mais je finis par les reconnaître tant il s'entête à les répéter.

À force d'écouter chanter le vent du nord, et malgré les rudes caprices de son tempérament, l'homme solitaire en vient à l'aimer. Et quand, ensemble, résonnent en lui les battements de son coeur qui bourdonne, les cric-crac des caribous en marche et les sifflements aigus qui montent des arêtes des roches, quand le choeur vibrant des cordes de sa tente, tout en harmonies et en dissonances, accompagne chacun de ses repos, il a gagné sa place au coeur de la toundra.

Alors le tumulte s'apaise. Ou plutôt, l'être entier commence à vibrer, à chanter. À l'unisson du vent, il chante tous les petits récitatifs du quotidien, les hymnes des cailloux qui heurtent le pied, la cantate de la vie qui bouillonne malgré la froidure, la symphonie de l'amour jaillissant sur le sommet du monde. Le vent se mue en une présence pleine de tendresse, son souffle devient prière, et sa voix, un repère plein d'humour dans le vaste espace. Pour le marcheur, c'est l'omniprésent, qui marie dans l'instant féérie et mémoire.

Un matin, le silence m'éveille... Je passe la tête dehors, comme d'habitude, juste au lever du soleil. Tout ébouriffées, les cordes de ma tente pendent, inertes et muettes. C'est le calme complet. La mer des montagnes jusqu'à la chaîne des Torngat, au loin, ruisselle dans la lumière. Les caribous à ma droite, à ma gauche, devant, derrière, remuent à peine. Les uns paissent lentement, les autres sont encore couchés et ruminent. Le soleil, très bas sur l'horizon, illumine déjà tout le ciel. Je reste assis sur mes talons dans la porte de ma tente, incrédule. LE VENT S'EST TU.

C'est dimanche ! La nature se repose. C'est le jour du Seigneur, jour de rumination, d'intégration, de consolation. Sans aucun effort, je glisse dans un nouvel état.

Mes yeux tombent d'abord sur les lichens que je foule du pied depuis des jours. Aujourd'hui leurs couleurs d'aurores boréales, leur texture changeante dans le soleil et les ombres m'éblouissent. Leur infinie variété me stupéfie. Il me semble qu'ils sortent tout juste de la main du Créateur. Depuis mon départ, je marche, je marche les yeux à moitié fermés contre la morsure du vent. Maintenant je vois clair! Alors je crois saisir ce qu'est la conscience: la conscience de soi, puis la conscience du milieu qui m'entoure et, enfin, la conscience de l'Autre.

Je ne me souviens pas, ce jour-là, d'avoir mangé. J'ai l'impression d'être resté assis sur le seuil de ma tente toute la journée. Vrai? Faux? Peu importe, j'ai vécu l'expérience inoubliable de la perception en plusieurs dimensions. J'ai vu les cicatrices laissées il y a quarante mille ans sur le flanc des montagnes par les glaciers, j'ai vu leurs sculptures partout à l'échelle cosmique – moi si petit... J'ai admiré la végétation arctique qui invente le sol aux dépens des roches, qui garde comme un précieux bijou chaque cristal de glace, chaque aiguille de frimas pour coudre les pans du royaume – moi si malhabile... J'ai senti l'air dont on ne parle jamais mais qui sert toute vie et toute la vie sans rien demander en retour – moi si avare et si égoïste... Moi si vulnérable au milieu de la création, oui, mais aujourd'hui devenu CONSCIENT. Capable de tout embrasser d'un coup d'oeil, capable de nommer même ce qui ne sera plus là demain, capable de dire, capable de partager. À la fin du jour, je me suis couché la tête pleine d'eskers, de ledum et d'air pur, pénétré de l'idée que je ne serais plus jamais le même.

Le lendemain matin, le vent s'est remis au boulot. Ma tente fait claquer ses toiles, le gel n'écrit plus de poèmes, les nuages se grattent le ventre sur les montagnes. Et mon chemin se poursuit aux côtés du troupeau. J'écoute le rythme de ses pas d'une oreille nouvelle. Aujourd'hui, je marche parmi les caribous en être conscient et fier.

Parvenu au terme de ma route, je baptise le lac qui n'a pas de nom : il s'appellera lac des Consciences. Le vent en est témoin, il happe le nom que j'ai crié dans l'espace, et me jure de le porter par toutes les montagnes et toutes les vallées. Les cailloux, me chuchote-t-il à l'oreille, le répéteront pour toutes les générations à venir.

Je suis revenu au camp à temps pour signaler ma présence à Ted avant qu'il ne parte à ma recherche dans la toundra, mais, l'avouerai-je, j'ai laissé un morceau de mon coeur dans cet enfer qui m'a tant fait grandir.

Épilogue

Le caribou a longtemps été considéré comme une espèce en voie de disparition. Un botaniste qui faisait l'inventaire des plantes de la rivière George a affirmé, vers les années 1950, que l'animal était vraiment menacé dans le nord du Québec et de l'Ungava. Il n'avait aperçu que quelques individus au cours d'un été et avait découvert un immense cimetière d'ossements au pied des chutes Hélène, sur la George. D'après lui, c'en était fait du caribou.

À l'époque, on ne connaissait presque rien des moeurs de cette espèce. L'immense Nord québécois était en général encore très mal connu. Malheureusement pour lui, ce scientifique commettait une grave erreur. On n'établit pas un inventaire en se promenant sur une rivière en plein été ! Durant la saison chaude, les caribous ne fréquentent pas les abords des rivières. Les troupeaux y paissent l'automne, et encore, pas tous. Vrai, les rives de certains cours d'eau servent exceptionnellement d'aires de mise bas, mais de façon très provisoire.

Plus tard, un biologiste a essayé de faire l'inventaire des caribous mais sa méthode laissait à désirer elle aussi : parcourant les villages de la Basse-Côte-Nord, il est allé demander aux habitants s'ils avaient vu beaucoup de caribous au cours des dernières semaines. On a déjà vu mieux comme technique de recherche. Or, ce monsieur passait pour le spécialiste du caribou !

À mon arrivée au ministère du Tourisme, de la Chasse et de la Pêche, on venait donc à peine de sortir de l'opinion publique l'idée que le caribou s'apprêtait à disparaître. Non seulement l'espèce survivait, mais on en avait même commencé l'exploitation en collaboration avec les pourvoyeurs. Dans ces années-là, le Ministère estimait le nombre de têtes à 130 000, réparties en trois troupeaux (aujourd'hui, la population de caribous tourne autour des 800 000). On savait que les Indiens et les Inuits en récoltaient, mais on ignorait combien. Impossible dans ces conditions de déterminer des limites raisonnables pour la chasse. Voilà ce qui avait amené la Division de la faune terrestre à lancer la grande opération des inventaires.

Depuis ce temps, nos connaissances se sont beaucoup précisées, mais une foule de questions demeurent, auxquelles il faut de toute urgence trouver des réponses. Si le temps presse, c'est que les autochtones envisagent maintenant d'exploiter le caribou commercialement. Ils veulent mettre la viande sur le marché. Or, on ne sait toujours pas comment équilibrer récolte et productivité. Cela m'inquiète ! Je suis tout à fait en faveur de l'exploitation, mais je crois qu'on aurait tort de songer déjà à construire des abattoirs mobiles qui abattront 35 000 caribous par année. C'est commencer par le mauvais maillon. On devrait prendre le temps de réfléchir et poursuivre les recherches. Autrement, avec une espèce dont l'organisation sociale est aussi élaborée, on risque de se fourvoyer.

Mes connaissances sur le caribou sont très élémentaires. Il en reste beaucoup à apprendre. Quand des biologistes soutiennent que les troupeaux descendent du nord vers le sud pour fuir les mouches, c'est faux. On ne sait même pas encore pourquoi ils migrent. Les pâturages jouent un rôle très important dans l'alimentation du caribou, mais je défie les biologistes de me le décrire de façon satisfaisante.

Les bons pâturages ne sont pas continus. On en trouve qui sont clairsemés ou détériorés. Souvent par suite d'un incendie, mais pas toujours. D'accord, le feu fait des ravages dans le Nord, mais il faut ajouter que le caribou a évolué dans ce contexte. La foudre a toujours mis le feu et créé des vides. Comment se régénèrent les pâturages ? Quelle est l'importance de ce facteur sur les déplacements des troupeaux ?

Et parlons de la mise bas. Les femelles doivent gagner les grands marécages, dit-on, pour mettre bas. Mais se dirigent-elles toujours vers des marécages ? Ne serait-ce pas plutôt vers tout endroit où la végétation commence à poindre ? Personnellement, je crois que c'est la végétation qui guide le choix de l'aire de mise bas, plutôt que l'hydrologie des lieux, mais voilà encore une question qui reste à approfondir.

Et que dire de la théorie suivant laquelle il existerait chez nous plusieurs sous-espèces de caribous ? Des spécialistes de la taxonomie en ont distingué une dizaine en se fondant sur la couleur de la robe, la taille, les mensurations du crâne, la forme des pédoncules du panache, etc. J'ai appris à regarder ces distinctions avec une certaine réserve. Je connais bien le polymorphisme chez le caribou. Mes films et mes photos en témoignent abondamment. On y voit des animaux très pâles (pour ne pas dire blancs) vivant dans la même harde que des animaux très foncés (pour ne pas dire noirs). Certains sont de haute taille, d'autres très courts. Même que je n'ai pu m'empêcher d'éclater de rire en voyant de près mon premier caribou sur Coats Island, au nord de la baie d'Hudson. (Le Service canadien de la faune m'avait engagé comme consultant pour aider ses biologistes à capturer des caribous et à les transporter sur l'île South Hampton, où ils avaient été exterminés par les Inuits.)

L'animal était un vieux mâle aussi lourd que ceux avec lesquels j'étais familier, mais si bas sur ses pattes qu'on aurait dit un petit âne! Sa hauteur au garrot faisait près de 20 centimètres de moins que la normale et le pied affichait une différence de près de 10 centimètres. L'aspect de cet individu et des caribous observés plus tard sur d'autres îles de l'Arctique canadien m'a enseigné que c'est l'environnement qui sélectionne les formes les plus favorables à la survie. Coats Island est une île sans aucun relief, un immense plateau de plusieurs milliers de kilomètres carrés situé à moins de 50 mètres au-dessus du niveau de la mer. Le vent y souffle constamment, jamais dévié par le moindre obstacle. La neige y tombe à l'horizontale et s'accumule à peine au sol. Quel avantage y aurait-il pour les caribous à marcher sur de grandes pattes? Les caribous du Québec, fréquentant souvent des forêts tapissées de neige beaucoup plus profonde, ont tout intérêt à porter la patte longue. On le voit, la vie est prodigue de solutions même dans les climats les plus rigoureux. Avec de l'expérience, on peut d'ailleurs, sans trop craindre de se tromper, déterminer l'île d'origine d'un caribou à sa seule forme.

Les comportements varient autant que la morphologie. Au nord de Schefferville, dans une zone frontière entre la toundra et la taïga (le début de la forêt, plus au sud), j'ai observé des différences notables entre le caribou des bois et le caribou de la toundra. Certains troupeaux, en quête de sites de gagnage, vont de bord de lac en bord de lac; s'ils traversent des collines, des montagnes ou des régions dénudées, ils ne s'y arrêtent jamais. Dans le même territoire, d'autres troupeaux vont, au contraire, de sommet en sommet; ils traversent des vallées, des lacs, des forêts bien abritées, mais sans interrompre leur marche. En avion, une fois localisé un troupeau, on peut remonter en suivant ses traces les aires qu'il a fréquentées au cours des semaines et même des mois précédents.

Bref, les moeurs du caribou sont encore trop mal connues pour nous permettre de lancer dès maintenant l'exploitation commerciale.

Les Inuits tiennent à exploiter le troupeau de l'Ungava parce qu'ils comptent en tirer un revenu. Les Lapons exploitent bien le renne comme animal de boucherie. Pourquoi pas les Inuits ?

Je pense que la comparaison ne tient pas. Chez les Lapons, l'élevage du renne est inscrit dans la tradition, les moeurs et la culture. Le peuple lapon est un peuple de pasteurs, les ethnologues vous l'expliqueront. Il est originaire de la Méditerranée. À l'époque de la dernière glaciation, le renne est descendu jusqu'au bord de la Méditerranée. Par la suite, quand le réchauffement des températures a repoussé l'espèce vers le nord, les Lapons l'ont suivie. Cette adaptation s'est faite sur des milliers d'années. Et on voudrait que nos autochtones, ces peuples de chasseurs, deviennent pasteurs en une génération ? en dix ans ? C'est de la folie. Les Inuits sont des chasseurs de la mer, pas des bergers de la terre.

Pendant les négociations de la Société de développement de la baie James concernant les territoires du Nord – sur lesquels le gouvernement provincial avait pleine autorité en vertu des traités de 1898 et 1912 –, on a soutenu que les autochtones possédaient une connaissance innée de l'aménagement de la faune et que leurs méthodes étaient conciliables avec l'habitat. Ce n'est pas le cas. Autrefois, par exemple, lorsque les Cris s'installaient au bord d'un bassin sur une rivière, ils le vidaient! Et quand il n'y avait plus de poisson, ils s'en allaient ailleurs en vider un autre! On sait bien maintenant que ce n'est pas là la meilleure façon d'exploiter une ressource. Bien sûr, vu leur petit nombre, les Cris ne causaient pas de dégâts majeurs. Mais aujourd'hui, l'accès aux sites de pêche étant presque illimité, ces pratiques doivent cesser. Les Inuits réclament l'accès exclusif aux rivières mais ils oublient que leur pays est aussi le mien.

Je reconnais que les Inuits possèdent un trésor de connaissances précieuses. Mais nous possédons de notre côté une science de l'aménagement qui leur serait fort utile dans la gestion des territoires nordiques.

Pour ces raisons, et bien d'autres, je m'oppose au projet de commercialisation du caribou dans le Nord. On ne connaît pas encore assez le caribou pour savoir quel segment de sa population il serait possible de récolter sans briser son folklore, sans détruire son tissu social. Je crains qu'en disant : « On peut bien en abattre 35 000 sur un million ! » on ne simplifie les choses à outrance. Pourquoi risquer de désintégrer de nouveau leur société, comme mes grands-pères l'ont fait ? L'autre solution envisageable, c'est la domestication complète de l'espèce. Mais n'oublions pas que les Lapons ont échoué dans cette entreprise. Ils se sont plus rennisés que les rennes ne se sont laponisés ou domestiqués !

Table des matières

La collection Grande Nature :

LA DÉRIVE
Nicole M.-Boisvert
Annette, désespérée après la mort de Mathieu, s'embarque pour l'inconnu à bord d'un petit voilier. Dans son coeur, la réalité exaltante du voyage se heurte à ses tristes souvenirs. Mais la Vie, pleine de richesses et de dangers, a raison de tout. Même du plus grand des chagrins.

LA PROIE DES VAUTOURS
Sylvia Sikundar
La sécheresse sévit en Afrique. Qui doit-on aider en premier ? La population affamée ou les animaux de la savane décimés par les braconniers ? Un récit d'aventure et de mystère qui affronte un profond dilemme de l'humanité.

COUPS DE COEUR
Nicole M.-Boisvert
Christiane Duchesne
Michèle Marineau
Michel Noël
Sonia Sarfati
Cinq auteurs. Cinq cadeaux. Un seul hymne à l'aventure et au rêve.

LIBRE!

Claude Arbour

Debout derrière ses chiens de traîneau sur une route de neige ou en canot sur un lac paisible au crépuscule, Claude Arbour parle de son quotidien dans la grande forêt laurentienne où il vit isolé depuis des années.

SUR LA PISTE!

Claude Arbour

Claude Arbour poursuit ici le remarquable récit de sa vie dans les bois, à l'écart de la civilisation moderne. Comme dans *Libre!*, il nous entraîne avec lui à la découverte de la vie qui bat tout près : castors, loups, huarts à collier, balbuzards...

LES CHEVAUX DE NEPTUNE

Nicole M.-Boisvert

Annette n'en peut plus. Depuis le début de la longue traversée de l'Atlantique en voilier, elle sent grandir le fossé qui la sépare d'Isa, sa précieuse amie d'enfance. Entre les deux : Raphaël. Il faudra à Annette l'épreuve de la tempête, la plus terrible, celle qui met en face de la mort, pour mettre de l'ordre dans son coeur.

PIEN
Michel Noël
Fils d'une Blanche déracinée et d'un Métis tiraillé entre le progrès et les traditions de ses ancêtres, Pien observe, sent, vibre. Son monde, un coin du Nord ouvert au déboisement farouche des années 50, est hostile. Mais c'est un univers qui forge des coeurs passionnés.

BEN
Benjamin Simard
L'histoire vraie d'un coureur des bois d'aujourd'hui, un peu poète, parfois rebelle, qui vit au contact des orignaux, des ours et des loups dans le parc des Laurentides.

EXPÉDITION CARIBOU
Benjamin Simard
L'histoire vraie d'un coureur des bois d'aujourd'hui, d'un homme d'action qui vit avec les caribous dans l'impitoyable froid du Grand Nord.
Revoici l'auteur de *Ben*, poète à ses heures, qui raconte ses aventures : les tournées harassantes en avion, les dangereuses expéditions de capture, la magie de la toundra.

DOMPTER L'ENFANT SAUVAGE - tome 1
NIPISHISH
Michel Noël

Le missionnaire de la réserve a bien averti les Algonquins. « Mes chers amis, le gouvernement du Canada vous offre un grand cadeau : il va envoyer vos enfants à l'école ! Enfin, ils apprendront à lire, à écrire et à bien se comporter en société. Ne vous inquiétez de rien, nous viendrons les chercher à la fin de l'été pour les mener au pensionnat. »
« Quoi ? riposte Shipu, le père du jeune Nipishish. Les Blancs veulent nous arracher nos enfants ? Jamais ! »

DOMPTER L'ENFANT SAUVAGE - tome 2
LE PENSIONNAT
Michel Noël

Nipishish et ses camarades ont été transplantés contre leur gré dans un pensionnat indien. En effet, le ministère des Affaires indiennes, de concert avec le clergé catholique, a décidé de civiliser et d'instruire les « Sauvages ». Mais, pour le privilège d'apprendre à lire et à compter, les jeunes autochtones paieront un prix terrible : vêtements confisqués, langue maternelle bannie, traditions ridiculisées, ils se verront dépouiller de leur identité.

TERRA NOVA
Laurent Chabin
Terra Nova raconte l'histoire touchante et pleine de mystère d'un jeune mousse parti en mer à la recherche de son frère disparu. « Rien ne me fera reculer, se jure Joanes, ni le chagrin que je causerai à ma mère, ni les rats dans la cale, ni les monstres marins, rien ! »

ALERTE À L'OURS
André Vacher
Les habitants d'un petit village des Rocheuses canadiennes ne dorment plus. Ils sont terrorisés. Des ours attaquent, blessent et tuent les gens dans la forêt avoisinante. On organise des battues mais en vain. La tension monte dans la petite localité. Il faut faire cesser le carnage.

Achevé d'imprimer
en septembre 1998
sur les presses de
Imprimerie H.L.N.

Imprimé au Canada – Printed in Canada